扫烟囱的男孩

赵柏田 著

宁波出版社

图书在版编目(CIP)数据

扫烟囱的男孩 / 赵柏田著. — 宁波：宁波出版社，2017.6

ISBN 978-7-5526-2751-0

Ⅰ.①扫… Ⅱ.①赵… Ⅲ.①短篇小说—小说集—中国—当代 Ⅳ.①I247.7

中国版本图书馆 CIP 数据核字(2016)第 300297 号

扫烟囱的男孩

赵柏田 著

责任编辑	卓挺亚　苗梁婕
责任校对	罗敏波
出版发行	宁波出版社
地　　址	宁波市甬江大道1号宁波书城8号楼6楼
邮　　编	315040
网　　址	http://www.nbcbs.com
印　　刷	浙江新华数码印务有限公司
开　　本	787毫米×1092毫米　1/32
印　　张	9
字　　数	142千
版　　次	2017年6月第1版
印　　次	2017年6月第1次印刷
标准书号	ISBN 978-7-5526-2751-0
定　　价	36.00元

如发现缺页或倒装，影响阅读，请与承印厂联系调换。电话：0571-85155604

目　录

扫烟囱的男孩 …………… 001

站在屋顶上吹风 ………… 013

地震之年 ………………… 026

暗夜行路 ………………… 043

寻找隐地 ………………… 058

夏天的沮丧 ……………… 075

坍塌 ……………………… 100

明朝故事 ………………… 109

三生花草 ………………… 133

一桩凶杀案 ……………… 155

纸镜子 …………… 174

一个雪夜的遭遇 ………… 193

我在天元寺的秘密生活 … 207

万镜楼 …………… 224

秘密处决 …………… 254

刺客时代 …………… 264

附录:期刊小说发表要目 … 275

跋:短篇小说之光 ……… 278

扫烟囱的男孩

扫烟囱的男人来到村子里,他的身后跟着一大群村里的孩子。这是下午四点钟光景,太阳斜到了西面,被屋子挡住切下了一块块的阴影投在地上。有人端了满满的一盆水往天井里泼,灰尘扬了起来,水嗞嗞地渗了下去,一会儿就没有了影子。扫烟囱的男人就在这个时候出现在村口的石桥上,他又高又瘦,背着一只大口袋,手里拿着一根长长的竹竿,一筒卷起来的又黑又脏的苇席,径直向男孩家的方向走来。

男孩就在那群跟着的孩子里面。一整个下午,他们都泡在河水里,又是打水仗又是摸河蚌,夏天的太阳把他们的背脊晒得又黑又亮,他们的眼睛都像害了一种叫"偷针"的眼病一样发红。男孩把一只大木盆顶在头上,里面是他花了一整个下午捞来的河蚌和螺蛳。他们好奇地跟在扫烟囱的男人后面,滴滴答答的水从木盆里和身子上流下来,一会儿就把扬起来的灰尘盖了下去。他们跟着扫烟囱的男人来到男孩家门口,这时扫烟囱的男人停下了脚步,他从屋旁边的草垛里抽了一把稻草,扎成一个草结缚在竹竿的顶头。做完了这一切,他从口袋里摸出一个灰颜色的大口罩戴上。

"李亮,他来捅你家的烟囱了。"

被叫作李亮的那个男孩很不高兴,因为他听人说烟囱不能老捅,老捅的话就会把灶也给捅倒了。他沉着脸走回家去,扫烟囱的男人擎着长竹竿正要跨进门去,看到男孩,讨好地向他笑笑。就在他回头的时候,竹竿梢头扫落了屋檐的一片瓦。哗啦——,瓦片跌得粉碎,看得出来他被瓦片打碎的声音吓了一跳。男孩不理他,自顾自把木盆重重地在地上一顿,一群鸭子嘎嘎地叫唤着围住了男孩。男孩拿一块石头,蹲着一下一下砸河蚌,碎的壳片和汁水四溅开来,他把砸碎了的河蚌丢出去,鸭子拍打着翅膀抢夺起来。

李亮哎——,男孩的母亲从屋里走出来,她刚张开嘴,一眼看见男孩蹲在屋角。她摸出一把零钱说,没什么下饭,趁村东市头还没散,买半边猪耳朵来。男孩应了一声,跑出没几步,又趸回来向灶间跑去。男孩家的灶间跟屋子中间连着一条走道,又长又暗,刚从外头进来,男孩有一会儿什么也看不见,但是当他看见扫烟囱的男人时,还是吃了一惊。扫烟囱的男人立在灶膛里,他现在已经不戴口罩了,一张脸黑得像锅底,更衬出了眼睛和牙齿的白。他咧嘴向男孩笑笑,这些白全都动了起来,要多难看有多难看。他的脚边摊着一张席子,席子上是扫下来的一堆烟煤。男孩的母亲说,你还回来做什么?男孩说,碗,我还没拿碗。扫烟囱的男人这时从灶膛里拔出了脚,他站在灶前用力拍打着衣服,数不清的煤尘从他的身体里面飞出来,落在屋里的什物上。男孩的母亲递给他一碗水,他仰起头喝水,男孩只看到他的喉结一上一下骨碌骨碌地动,水从他的嘴角流下来,在他黑乎乎的胸前冲出了白白的两道痕。喝好了水,他低下头收拾东西,不留神时在男孩母亲的屁股上捏了一下,男孩母亲的屁股上印上了黑黑的一个指头,她黯淡下去的眼睛亮了,她的脸像生气时候一样变得红红的。

晚饭有猪耳朵,有韭菜炒蛋(男孩养的鸭子这几天刚下蛋),男孩的爹话就比平时多了。男孩的爹在邻村的一个采石场做石工。那地方他带男孩去过,简易的工棚里石子粉碎机咔啦咔啦地响,一个个石工都是腰上系着绳子,把自己挂在山崖上干活。男孩的爹咂一口酒,嗞地回一下味,把猪耳朵咬得咯吱咯吱响,好像再也没有比这更好吃的东西了。十五支光的电灯泡挂在三个人的头顶,像一颗发亮的土豆。男孩的爹一吃酒就要出汗,这会儿他的鼻尖已经冒出了细细亮亮的汗珠子。他说着这一天里采石场里的事情,谁谁让钢钎砸了脚背,谁谁放炮的时候额头让石片划了一个大口子,男孩听得有滋有味的。他想爹在吃猪耳朵喝酒的时候还是很好的一个人,不会虎着个脸也不骂人,要是天天有猪耳朵吃该有多好啊。

夜里,男孩起来尿尿,听到隔着一块布帘的那边他们在说话。

"你身上怎么有一股烟煤的气味?"

"嫌我啦?我一日三餐要弄,大半天地踮着脚趴在灶膛里烧火,怎么会没有烟煤味?"

窸窸窣窣的,好像是竹榻下面的草在翻动。

再接下去,是眠床摇动的声音,吱嘎,吱嘎,像干木匠活,男孩在这单调的声响里睡了过去。

九月的一天,扫烟囱的男人又来了村里。这是他第三次来了,前两次,他去男孩家扫烟囱,他走后,男孩家里都吃了肉。这对平时菜里面吃不到一点油星子的男孩来说是多么值得快乐的事啊。他已经有点喜欢上这个长得瘦瘦长长的扫烟囱的男人了,他巴望着扫烟囱的男人能多来几次,这样,吃肉的次数就可以更加多了。所以这天男孩在晒场上玩耍的时候,看到那个男人从村口进来,就撒开两腿往家里跑。没有人知道他为什么跑得这样飞快。男孩牵了他母亲的衣角走出来,扫烟囱的男人已经到了他家的门口。他盯着男孩母亲的眼睛说,我好久没来捅了。男孩的母亲红着脸笑骂了一句什么。男孩跟着男人到了灶间,看着他往灶膛摊开苇席,把草结缚在竹竿上。他希望那个男人早点儿把烟煤给捅下来,他猜测这种黑乎乎的东西是能卖钱的,要不怎么扫烟囱的男人来了后,家里就有钱买肉了呢?

但扫烟囱的男人一直没有动作,口罩也没有戴,他好像是渴坏了,坐在烧火凳上一杯接一杯地喝男孩的母亲倒上的茶。男孩看着他的喉结像一只小老鼠一样滑上滑下,他已经喝到第三杯了。男孩等得有点不耐烦了,还好这时候他母亲摸出来钱让他赶市头去买肉了。扫烟囱的男人把一个五分的角子也放进了男孩张开的手掌,他说,买一根赤豆棒冰解解暑气吧,我看你头顶心都热得冒烟了呢。

男孩去村东的市头切了半斤槽头肉,又在小店里买了棒冰,一路蹦跳着往家走。棒冰凉丝丝的,舌尖碰到了整个人都好像轻得要飞起来。他怕棒冰化得太快,嘴巴咂一下就抽出来,白花花的水汽在他面前绕来绕去。男孩的爹从后面走上来,他扛着一把大铁锤子,在肩上一翘一翘的。

"还不快滚回去?"

"娘让我去市头称肉呢。"

"好啊,你把找头买棒冰吃了,看我到家不拆你骨头!"

男孩嘟起了嘴。

"才不呢,这钱是扫烟囱的人给的。"

男孩没有看到他爹的脸黑了。

"他人呢?"

"扫我家的烟囱呢。"

他爹的脸青得发着光,肩上的铁锤子晃悠得更厉害了,男孩要小跑着才能跟上他。

晚饭有肉,还有酒,但爹这回没说采石场里的事。十五支光的电灯泡下,三个人像哑巴一样,只有呼噜呼噜喝汤的声音、调羹碰碗的声音。半夜,男孩起来解手,看见屋里灯还是亮着的。

"你的身上怎么老是有股烟煤味?"

"我不是洗过了吗?"

"洗上十遍百遍也洗不干净。"

"你说清楚一点,这是什么意思嘛!"

男孩听到啪的一声,好像是市头上屠夫拍打案板上的猪肉。"什么意思?这就是我的意思!"男孩听到他母亲低低的号叫,是从喉咙里憋出来的。"你打死我好了,你这杀千刀的,你打死我啊。"男孩撩起布幔,伸了一下头,他看到娘被剥得光光的,手和脚捆在一块像一只粽子,被扔在床角。"滚回去!"爹向他瞪起眼睛。男孩忙又把头缩进。

"他弄过你身子?"

"没。"

啪的一声。

"还嘴硬?"

"是真没。"

"臭婊子,这么说倒是我错怪你了?"

噗,噗,这声音很沉,好像打在什么软塌塌的东西上。

"你打死我吧,打死我吧……"

"我不会打死你的,杀人偿命这我懂,我只要你承认,他是真的弄过你了。"

"我说过没弄。"

"没弄?你听外面人家在怎么说你……算了,求求你还是老实说算了,要不后面还有更厉害的。"

"那就……算弄了吧。"

"不是算不算的,真弄了就真弄了。"

"真弄了。"

"这不是?说了就没事了嘛,他弄了你几回?"

"好像两回,可能三回吧,你把我打糊涂了。"

"我打你?我还要把灶扒了呢,省得他脚板朝天老往这跑!"

"你扒吧,有种你现在就起来扒,你李家菜缸里的咸菜梗我也不想吃了……"

男孩听他们说话声越来越轻,眼皮就沉沉地合了起来。他的脑袋里像是有一个小人在跑,小人的脚在长满青草的田塍上一起一落,越跑越快的脚把他带到了梦里。在梦里,他听到有一个人在哭。然后,他睁开了眼睛。屋里的灯早就灭了,窗外的星闪着银光。他又听到了哭声,这一回男孩听清了,是屋子那边爹在哭。爹也会哭?男孩怕自己还是在梦里,黑暗中他掐了一下胳膊,生疼生疼的,他知道这是真的了。爹边哭还边说着什么,男孩一句也没有听清。慢慢地,爹的哭声就像一块没有绞干的湿布,只是在床边滴答了。

秋天,村里的孩子玩起了滚铁环,他们用一根装了铁钩的竹竿,推着铁环在村子里跑来跑去。每天黄昏,铁环在青石板上唧唧滚动,溅出一点点明亮的火星子。男孩没有铁环,只好眼巴巴看着别的孩子神气地跑来跑去。后来,他推着一只箩箍也加入了他们的队伍。箩箍比别的孩子的铁环要大上整整一圈,滚起来没有一点声音,更要命的是它碰到土坷垃就死了,不会像铁环一样跳起来飞过去。在别的孩子的嘲笑声中,男孩流下了委屈的泪水。

男孩做梦都想着有一只自己的铁环。他打听过,只要花两毛钱就可以在村口的小店里买上一根钢丝,然后再花一毛钱央社办厂的人焊起来就可以做成一只铁环了。男孩的手头已经有了捡牙膏壳换来的八分钱,但离做成一只铁环的三毛钱还差得很远。男孩在村里晃悠的时候看到自家的烟囱,心里暗暗地笑了,他好像看见一只圆圆的铁环从烟囱里飘了出来。

男孩学着扫烟囱的男人到他家灶间干活的样子,他拆了一个晾衣服的三脚棚,抽出一根竹竿,再在上面绑上一个草结,没有苇席,就从屋角找出一张破的塑料雨披将就。他跨进灶膛,看见头顶是补丁大的一块蓝汪汪的天空,蓬松的草灰盖住了他的脚,温温的,说不出地舒服。

他把竹竿一点点地往烟囱里伸,忽然想起扫烟囱的男人在干活时是戴口罩的。他把背心脱下来,胡乱地包在脸上,只剩一双眼睛在外面忽闪忽闪。

烟煤一点点地飞落下来,像黑乎乎的雨,落在他的头发里,眼睛里,落在他光着的背脊上。他的眼睛很快就睁不开了。他想怎么只有这么一点烟煤呢,再用力一扫,轰隆隆的,头顶的那片蓝豁地大了,不知是烟煤末子落进眼里还是涌进来的亮光的缘故,男孩的眼里流出了泪水,他一下子还不知道发生了什么。断砖噼里啪啦往下掉,有一块还打在了他的额头上,肿起了一个大包,他的耳朵里好像有数不清的蜜蜂在嗡嗡。男孩现在知道发生什么了:倒灶了,我真的把烟囱给捅倒了。

他的脚背火烧火燎地疼,低头一看,灶膛里焐着的粥甏打碎了,白的米粥、黑的草灰混在了一起。男孩像一只灰猴子般跳出灶膛,扯下包在脸上的破背心,他的脚像是一对煨熟了的番薯,上面还有一个个鼓着的水泡。

男孩哇哇哭了起来,因为痛,也因为害怕。鼻涕和眼泪把一张脸抹成了大花脸。过去家里有一只猫,打碎了爹的酒瓶,被爹打得拉了十天半个月的烂屎,男孩感到现在自己跟那只闯了祸的猫差不多。

听男孩的母亲说完这件事,爹伸手在男孩的头顶摸了摸,说:"你干的好事!"

男孩想栗暴要敲下来了,但没有,爹倒了一点酱油在手上,搓了搓,用力按在男孩烫伤的脚背上。男孩杀猪一般尖叫起来。

男孩的爹说:"酱油抹过了,伤口好了就不会留疤。"

第二天一早,太阳还没出来,爹把男孩叫醒了。

"儿子,跟我上屋顶。"

"上屋顶?"

"对,你拉屎我揩屁股,把你捅倒的烟囱全拆了,把那个洞给补起来。"他的脸上一点也没有男孩想象中生气的样子。

"烟囱堵上了,以后还怎么做饭?"男孩的母亲叫了起来。

"不理她,"爹向儿子快活地眨眨眼,"儿子,我们上去。"

"好咧。"

花了半天工夫,男孩的爹把烟囱堵上了,他把用剩的砖头在屋里砌了一个小灶。他干活的时候,男孩一直帮他和泥,递砖头。在男孩的眼里,他的爹真是十分能干。小灶的烟囱小得多了,海碗大的一个洞开在了东墙。

以后男孩跟村里别的孩子打了架,那群野小子就偷偷地跑来,踮着脚把那个洞用泥巴或是石头堵起来。他们生火做饭的时候,常常熏得鼻子里都是黑黑的。男孩的爹就多了一件事做,他带着一身烟味从屋里蹿出来,怒气冲冲地骂着那些孩子父母的名字,边骂边把烟囱洞里的石头和泥巴掏出来。那些野小子跑老远了,还叽叽呱呱地笑成一团。

站在屋顶上吹风

屋顶上的天空

这么蓝,这么平静

——魏尔仑《智慧集》

松树蓬村的北首是一条小河,当地人称新河。掘新河的那年,来弟五岁,或者更小些,常常爬上祖父家的屋顶眺望掘河的工地。祖父的老宅是黄泥筑的,也就是说那墙是板筑夹紧黄泥夯实的,西厢搭出了一个小平台,来弟很轻松地就能爬上去。20多年后,当来弟经历了一次婚变回到松树蓬老家,这个县城的电影放映员仍能清晰地回忆起那一个个20世纪70年代的夜晚。漆黑的天像一只大铁锅倒扣着,祖父家的老宅如同一个醉汉,歪倒在河塘边,不远的工地上,一种叫"太阳灯"的照明用灯把捂得严严实实的天空撕开了好大一个口子,憧憧的人影在河床里蠕动着,把一坨坨黑土运上河岸。让来弟羡慕的是那些站在河边的孩子,他们在乡村小学老师的带领下,扛着红旗,打着快板,唱着一些让来弟感到十分新奇的歌。夜风吹卷着红旗,呼啦啦地响,也把他们的歌声和快板清脆的叩击声送到了来弟的耳边。

新河掘通,已到了第二年的初春,草色都返青了。新河首起兰墅桥,穿过松树蓬村,笔直向东汇入最良江,不过四五里路长。但在来弟的眼里,它是无始无终的,它所从来的地方和所要去的地方都是一个谜。新河的水在春天是浑黄的,带着股青草的甘香。来弟站在屋顶上,田野上白亮亮的阳光蒸腾的水汽都不能让他看得更远。他的世界只是他的双脚所能丈量,他的眼睛所能看到的。

这条河也使来弟得到了一次上县城的机会。这对每一个松树蓬的孩子来说都是非常了不起的事情。事情是这样的,有一天来弟一个人在山包上玩耍,一脚踏空骨碌碌地滚了下来,来弟觉得垫在身下的一只手麻麻的,再也举不起来。他知道有件很可怕的事情发生了,但他不想让任何人知道。回家后他坐在木门槛上,那只插在裤兜里的手开始作疼了。正好他母亲要去红薯地锄草,临出门抓了一把炒倭豆给他,让他好好管家,不要乱跑。来弟试图抬手去接过那把炒倭豆,刺骨的疼痛使他捂住胳膊歪倒在门槛边,泪花也涌了出来。母亲一看,什么都明白了,她把来弟带到松树蓬有名的金娣奶奶那里,金娣奶奶抓住来弟嫩树枝一般的手,顺过来倒过去转了三圈,来弟疼得直嚎。金娣奶奶皱皱眉头,说上城里矮凳桥找屠书生去吧……

就这样,那年春天,来弟的一只右手就一直挂在胸前了。城里那个叫屠书生的驳骨郎中给来弟手上打了石膏,还上了夹板。来弟很喜欢自己这副样子,风吹着那只空了的袖管,一甩一甩的,来弟觉得这样真不错。来弟崇拜英雄,银幕上的英雄轻伤不下火线,一只手悲壮地吊在颈下,身后跟着娇小的女卫生员。来弟觉得自己这样子跟英雄也差不了多少。那些天,来弟的母亲每天临出门了都要这样恶狠狠地说:"你再去河塘边猢狲一样跑,看我不拆散你的骨头。"她还跳着脚把掘新河那帮人的祖宗十八代骂了个遍。她对那条河的憎恨不是没有原由的。

不几日,隔河的一大滩苜蓿地里冒出了零星的小花。花是紫色的,一朵朵的很秀气,远看却是一片火焰,烧得烈烈的。松树蓬村的人们把苜蓿叫作草籽,他们喜欢把草籽嫩叶和着酒糟做菜吃。来弟几乎每天都跟堂姐月眠去河塘边,放鹅,摘草籽。四只鹅,两只刚换过毛,两只才会下地蹒跚地走。姐弟俩用缚了草结的竹竿赶着鹅到了地头,就满畈跑着去采草籽。鹅的头颈吃得鼓凸凸的加粗了一倍,他们的手里也已是满把的花花草草了。顺便说一句,月眠比来弟大三岁,背有点驼,像来弟的大伯。村里的孩子嫌她丑,编了歌唱:"罗锅背,大辫子,做侬老婆要勿要?"一唱,月眠就哭了,来弟就扯扯她的衣角细声细气地说:"姐姐别哭,人家不要我要好了。"

那天他们顺着河塘回村的时候,月眠手指着河里一团绿乎乎的东西说:"来弟,你看那是不是一件衣裳?"来弟摇头:"不对不对,那是一个人。"月眠吓了一跳:"别乱嚼舌头,你看清楚了?"来弟感到有点委屈:"我骗你是狗,我刚才去河塘边拗花的时候老早就看见了!"他们在河边站了一会儿,那团绿慢慢地漂近了,来弟不知道月眠的脸为什么会一下子变得煞白,她像撞见了鬼一样飞快地往村里跑,她惊恐的叫喊声像一把利器撕开了午后催眠似的空气:

"不好了,有人掉水里了!"

一转眼工夫,新河边就聚集了一大群人。他们面朝河水,表情肃穆。来弟看到那团绿乎乎的东西已经被水冲到石埠边,被斜出的石驳岸硌着,再也不动了。一个女人张着双臂,满脸汗水,像一只大鸟似的向河边飞来。女人排开人群,她作势欲扑的样子让人群惊叫出声,但她并没有往水里跳,她双手一拍大腿,蹲了下去,嗓子底里发出令人毛骨悚然的声音:"儿子,我的儿子!"她像一团雨淋过的泥软软地歪倒下去,河边的女人们架住了她。

那个孩子本来是脸朝下浮在水里的,一团杂乱的水草几乎盖住了他的头。现在来弟终于看清了他的脸。他嘴唇乌紫,双眼紧闭,就像刚睡去一样。来弟认出了他是对过墙门一个叫小草的孩子。他很想走过去摇醒他,问问他前几天欠下的五颗七彩玻璃弹子什么时候还。但有人把那孩子搁在肩上飞一般地跑了,留下一路滴滴答答的水渍。这水渍在杂沓的脚步扬起的尘土里一会儿就消失得无影无踪。来弟看到,小草脚上有一只鞋子已经掉了。

空荡荡的河边又只剩下来弟一个人了。春天的阳光在河面上寂寞地流淌着。一条小蛇惊恐地露了一下头,又破开水面向不远处的水草丛游去。来弟怪无趣地看着这一切,他觉得这一天好像是有点不一样。附近有一个小竹园,被密密匝匝的木槿篱笆围着,有几只鸟在好听地叫,来弟蹑手蹑脚走近前去,鸟一下子全惊飞了。不过来弟并没有失望,他的注意力又转移到了别的事情上。不远处,一个男人站在僻静处,背对着他,身子努力前倾,像在做着什么。他听到响动,转过脸来龇牙一笑,来弟认出了他是松树蓬的小疯子金苗。

金苗的手上抓着一团黑乎乎的泥,泥奇形怪状的,好像一件器具。他提了提裤子,托着那团泥走到来弟跟前,问,喜欢不喜欢?来弟点点头。小疯子金苗用食指在泥巴上猥亵地戳了一下,他紧紧抓住来弟的一只手,把它轻轻放到他的大腿中间:"小家伙,你知道这东西是干什么的吗?"来弟摇摇头。他的手触到了那硬邦邦的东西,但他并不介意,因为他马上就要得到那团奇怪的泥巴了。金苗嘶嘶地抽着气,双手抓紧了来弟的肩。他的身上好像起了什么变化。来弟不喜欢他那副丑陋的样子,一抽手就走。金苗讨好地把泥巴捧到他面前,他倔强地摇摇头,跑开了。

小疯子金苗涎着脸追了几步:"小家伙别跑,待会我带你去看猢狲翻斤斗!"

我才不稀罕呢。来弟想。

走到村场中央,来弟听到了牛的叫声。这叫声有点惊恐、害怕的意味。不,他还听到了牛的奔跑,听到了牛蹄踏击满是尘土的村道的扑扑声。他紧跑了几步后惊奇地看到,那个叫小草的孩子已经横躺在牛背上了。牛嶙峋的瘦骨硌着小草滚圆的肚皮。随着牛奔跑时不住的颠动,一大口一大口的水从小草的嘴里喷了出来。来弟看到,小草嘴边的一丝涎水拖得老长,太阳光照着像亮晶晶的蛛丝。他感到奇怪的是,那么小的一个人竟喝下了那么多的水!一个刀疤脸的汉子还在吆吆地赶着牛跑动。这牛,来弟曾让人抱着坐上过一回,现在,他倒有点羡慕那个叫小草的孩子了。牛喘着粗粗的鼻息,终于不再跑了,牛背上的孩子也再呕不出一滴水来。时间仿佛不再流动,村场上谁也没有说话,几只惊飞的麻雀又回来啄食了。昏厥过去的女人醒了过来,抱着牛背上的孩子又哭又唱。有人喊话:"快拿镬盖来,用尺八镬的盖,对着他的头罩三次,喊三遍活、活、活,没准还有救。"

来弟觉得受伤的那只手被人抓得生疼生疼的,他回头一看,堂姐月眠不知什么时候站到了他的背后。月眠的脸憋得通红通红的,像是要哭的样子,不住地说"怕死人了"。来弟笑了:"有什么好怕的,我就不怕。"

来弟问:"他要一直躺到天黑吗?"

"他不会好了,他要死了。"

"死了？他大前天还欠我好几颗七种颜色的玻璃弹子没有还呢。"

"死人是不会还你什么东西的。"

停了停，月眠又说："死人还不会走路，不会吃饭，不会玩。"

月眠说的话，让来弟有点心疼起那几颗七种颜色的玻璃弹子来。后面的一句话，又让来弟觉得堂姐说的是一种很遥远、很神奇又很陌生的东西，他无法想象一个不走路、不吃饭、不玩耍的人是什么样的。那么死去的人还能看猢狲翻斤斗吗？他想起了小疯子金苗的话，耳边就似乎真的响起了耍猴人拉场子的铜锣声。铜锣声一会儿紧，一会儿疏，他好像听到一个热辣辣的声音不住在耳边催促他，看到了戴着一顶小红帽一根尾巴好看地卷曲着的猴子。来弟快步跑了起来。

那是一个帆布帐篷，这个三角形的帐篷非常大，它魔术般的外形让来弟感到有不可抵挡的诱惑。让来弟更感到好奇的是帐篷前的空地上竟聚集了那么多的人，似乎全松树蓬的人都来了。但走近了一看，这些人来弟一个也不认识。

这时暮色渐渐降临了。远山含着落日，照着村场上袅袅升起的青色炊烟。帐篷前挂出了两只鹅卵石般大的灯泡，林林总总的小摊也不失时机地在空地上冒了出来。大人们的呵斥、甘蔗的清香、汗味、炒花生的沙啦沙啦声、放屁声、打嗝声、小贩的叫卖声、油炸臭豆腐的气味交织在一起,这种场面让来弟兴奋得有点慌了神,他只觉得头昏脑涨,像站在一个危险的高处一般不知所措。很多个日子后,来弟成了一个电影放映员,黑暗中电影院的气味总让他想起童年时代的这个黄昏。他不知道自己选择了这个职业与童年时代的这个夜晚有没有一点关系。

来弟的个子太小了,他被人推来挤去的,看到的除了脚还是脚。他在大人的脚与脚之间钻来钻去,看到空地上的那些草都被蹭得东倒西歪。他还看到灯光照不到的地方,一双双手不那么老实地在女人身上隆起的部位蠕动,引发一阵阵尖叫和浪笑。来弟踮起脚,想看清楚猴子是不是真的出来了,可看到的只是高高的帐篷顶。帆布帐篷破了好几个洞,有几处还黄乎乎的,像干了的尿渍。

耍猴人出来时,把九节鞭舞得像风车一样,密匝匝的观众齐向后退。来弟因此看见了猴子。猴子的颈上有一根铁链,所以耍猴人走到哪儿,它就要跟到哪儿,像一只跟屁虫似的。猴子红帽子、红背心,随着耍猴人的指令,在空地上翻斤斗,人们齐声叫好。一团红在眼前忽上忽下,来弟感到自己被烫伤了。它腾挪着,挣扎着,野性十足,似乎眼前不是松树蓬的村场,而是一个森林。但一根铁链锁住了它,它抓耳挠腮,无可奈何。没法用语言描绘来弟对这只猴子的爱。他觉得它太聪明了,也太可怜了。他想要是它是我的那就好了。

猴子停止了跳跃。来弟目不转睛地盯着它的脸看。这张脸太老了,也有着太多的悲伤,简直就像一个老人的脸。有一瞬间,来弟的视线和它的视线出乎意料地相遇了。他们就那么专注地互相看着,来弟觉得一颗心快要飞出胸口了,时间长得不可思议。接下去发生了一件奇怪的事情,一直苦着脸的猴子忽然向来弟笑了一下。它向一直看着它的来弟走来,一步,又是一步。来弟不知道该怎么办好,他的眼里不再有那块空地,不再有帐篷、耍猴人,世界上的一切似乎都消失了,只有这只猴子,猴子。铛!——接着链条一紧,猴子又像电动玩具一样蹦了开去。魔法消失了,世界又回到了原处。

原来这些还只是招徕观众,接下来出场的气功师,才是正角。来弟的肚子早就饿了,擂鼓一样不知响了几遍,他想回家,却又无路可走,挨挨挤挤的人群就像是一堵墙把他围在当中。第一个出场的气功师壮实得像一头猪。他装模作样地打了一套拳,随后就用一条蓝布腰带把腰勒得紧紧的。有人从帐篷里递出一把菜刀,菜刀在两只白炽灯的映照下闪闪发亮。气功师拿刀往自己的胸脯上砍,铮铮地响,却只看到一道道的红印,菜刀丝毫也伤不了他。来弟的身前身后惊呼四起。气功师迎着来弟站的那个方向走来,拉起一个男人,把菜刀递给他,示意他往自己身上砍。那男人提刀四顾,羞涩地笑着,却不敢去砍。气功师又转身去帐篷里取出一根打有铁钉的青柴棍,蹲开马步,抡圆了棍子。来弟看到青柴棍上的铁钉在灯光下闪着锈红的光。他把头埋在了两只膝盖中间,他听到了青柴棍划破空气的声音,与肉体的撞击声,闷哼声和接二连三的叫好声。一个人竟对自己那么狠,来弟的身心受到了极大的震动。一个五六岁的孩子是不会掩饰自己的感情的,他有点后悔来这个地方了。

第二个出场的气功师系着一根红腰带。他抱拳说了几句什么话,就有无数的镍币从黑暗中向他飞去。一分的,两分的,再大一点五分的,落在气功师四周叮当作响。有一个五分币还滚到了来弟脚边的草丛中。来弟捡起它,镍币温温的,带着股汗腥味。气功师把一只碗当的一声在脚边摔破,也不知怎么了一下,全身的骨头就格格作响起来。他捡起一块瓷片,两手合在一起,一搓,瓷片竟不见了。他随手一扬,满手白色的粉末纷纷扬扬地飘落。来弟呆呆地看着他的两只手,好像要在那里面发现什么魔法。

气功师在场内空地上伸脚踢腿走了一圈后,帐篷里走出了那个耍猴人。耍猴人把一根拇指粗的铁链绑在气功师身上,还加了锁。他干咳了几声,说话了:"诸位,现在我们的气功师要绷断这根铁链了。"他停顿了一下,全场静了下来,"这根铁链是动物园用来绑老虎的,今天我们的气功师要向我们证明,绑得了老虎的铁链也绑不了他!"人群中都是呵呵的惊叹,看得出,他们都激动了。

气功师蹲好马步,猛地吸了一口气,浑身的肌肉就像灌满了空气一样鼓了起来。他的脸憋得乌紫,铁链却丝毫不动。人群中嘘声四起,气功师看来有点慌神。来弟看到,他的额头上正暴出一个个的汗珠,黄豆大小的汗珠啪啪砸向他脚下的尘土。气功师这回又猛吸了一口气,双脚一蹬,锈红的铁链深深地陷进了他的胸脯,他的背脊。来弟看到一道红色像蚯蚓一般从气功师的胸脯溢出,慢慢地,流过他的肚腹滴进脚下干燥的泥土里。有人喊,血,血!空气中有了股咸腥腥的气味,仿佛大雨欲来。

啪哒!

谁也不敢相信的是,铁链挣断了,一把铁锁飞进了远处的草丛中。有一瞬间,人们都忘了叫好,只是吃惊地张大了嘴巴。来弟几乎看呆了。感情上巨大的震撼让他一下子似乎明白了不少事。他的脸涨得一块红,一块白。

那有着魔术般外表的帐篷不见了,人群也散去了。气功师们急急忙忙赶往下一村开始新一轮的表演。偌大的空地上就剩下来弟一个人了,包围着他的是一大堆惨白的甘蔗渣、瓜子壳、痰迹和烟蒂。来弟听到了不远处新河的流水声。他觉得自己小小的脑袋里好像有一匹布撕裂了。他不敢就这样回家,怕母亲又要说拆他的骨头。他在村子里游荡着,不知不觉地,一个人爬上了祖父家老宅的屋顶。

来弟看到,黑暗中的河流也是有亮光的,就像猫的眼睛。他还听到,晚春的风浩浩地刮过来,在瓦缝间穿过,发出嘶嘶的声响。来弟听到有一个细细的声音在身体里面哭,他想把它关得严实一点,但它还是像一只鸟一样飞出了他的喉咙。

有人去河边担水,"瞧,那不是老来家的孙子吗!他站在屋顶上干什么呀?"

地震之年

六月之水包围了我们。每年到了这个时节,菱池村的上空就见不着太阳了,一大团一大团的云,被风推着跑过我们的头顶,它们带来了经久不息的雨水。站在高处望去,不远处的河水泛着亮亮的天光,大人们说,水离河塘——他们张开五指——只有一拃高了。村里的青壮年都去了村南的大河边堵河塘,他们穿着薄薄的塑料雨披,往草包和麻袋里装进泥土,然后扛着一袋袋的泥就像蚂蚁一样在河边蠕动。村东的徐红军有一天在河边割猪草,一条大鲢鱼跳进了他的草篮,以后的几天里,徐红军带着我们每天都在河塘边巡逻,我们希望有更多的鱼,跳进我们空空的割草篮。

学校的大门是竹片扎的,被风吹得散了架,一群鸭子在操场上自由地凫水,欢快地叫着。教室都漏了水,墙壁上稀奇古怪的图案就像孩子尿床留下的痕迹。我们都放了假,校长李万根说什么也不肯走,他说除非这学校让大水冲走了,否则他是死也不走的。我们一年级的老师魏小平也没有走,因为她的家在很远的地方。校长的老婆把被头铺盖从家里拿来,和校长住到了一起。所以每次我蹚着水去学校,总能碰到他们,校长老婆和魏小平蹲在地上择一大把的芹菜,李万根有时拿着一把破扇子给煤球炉子生火,有时挥舞着一根竹竿,气愤地大骂着,把游进教室的鸭子赶出来。

有一次,我一个人去学校玩。我在路上遇见了一只晒太阳的黑猫,一只被淹死的小猪的尸体,一个玩纸风车的孩子和两个抽烟的男人,然后我来到了我们学校的老房子面前。那天的太阳难得露了脸,照着一整个白茫茫的水世界,我看什么东西都像是隔了一层毛玻璃。操场边的树上,蝉嘶啦嘶啦地叫,树的影子在还没有退去的水面上摇晃,周围是那么的静,这使我有了一种莫名其妙的预感:一定有什么要发生了。我把裤管卷到大腿根上,轻手轻脚蹚着水穿过操场,站到了李万根的窗下。天哪,我看见了什么!课桌上,两团白花花的身体紧紧地缠绕着,翻转着,一双粉红色的海绵拖鞋在水上漂着。我想不到什么也不穿的李万根是这样的白,又是这样的瘦,简直就像女人的身子一样。我飞快地跑开了,把水弄出哗啦哗啦很大的声响。我想我是要吐了。

水终于退走了,太阳光也一天比一天毒了起来。我们挟着识字课本又重新回到了学校。日子好像转了一个圈子又回到了老地方。李万根仍然在上课的时候眯着眼睛,一副似睡非睡的模样,嘴角流出的一大摊涎水打湿了我们的作业本。教我们图画课的沈爱宝还是喜欢拿粉笔弹人(只是命中率更加高了)。大水过后,校园里老是涌动着让人发昏的鸭屎的臭气,那些可恶的鸭子连我们的课桌都没有放过。熏天的臭气中,我们跟着魏小平大声念:"木、米、大、女、土、人、口、刀、和、手……"别的孩子都在用心地念书,我的手触摸到了衣袋里的玻璃弹子,我抬起头偷偷打量我们的魏老师,盼望着她说一声"好了孩子们,现在下课",这样我就可以跑到操场上玩弹子的游戏。魏小平穿的还是那件淡黄颜色的衬衫,衬衫领子好看地挽成一个结,像一只停在她胸前的蝴蝶。

每星期魏小平给我们上一堂音乐课,上课之前,会有两个高班的学生抬来一架风琴,把它放在讲台前。这东西还没有我们的个儿高,边上有两个把,底下有一块踏板,用手按在键上时会发出一种嘎咕嘎咕的声音,特别难听。音乐课开始了,在一片桌和椅子移动时碰撞出来的声音中,我们三三两两站起来练声了。魏小平让我们把手叉在腰上摸着小肚皮,然后张开她好看的嘴,让我们也像她一样,把嘴张得像吃苹果那么大。魏小平用脚猛踏几下,风琴在她的手指触摸下发出了牛叫一般的声音。她领着我们唱"咪、咪、咪、嘛、嘛、嘛——",站在我身后的胡理中(我们都叫他"狐狸")小声嘀咕:"这不是学猫叫嘛。"他还真的学了几声"喵,喵,喵"。声音不大,但每个人都听见了,大家哈哈笑了起来。魏小平沉下脸,让胡理中一二一齐步走,我们担心狐狸要与墙壁碰头的时候,魏小平喊:"立定。"我第一次看到,背着我们站的狐狸穿的还是开裆裤,里面打着补丁的短裤露出了一个角。他这么高的个儿还穿这种东西真让人好笑。看得出这家伙也知道哪里不对劲了,他死死地并住脚好不让我们看到。

一堂课里魏小平总要叫几个人单独唱,那是我最担惊受怕的时候,我努力猫着腰,低下头,好让前面的人挡住魏小平的视线。老实说,我在音乐这东西上一点天赋也没有,我能够把算术题做得飞快,把生字抄得工工整整,但我的歌唱得连自己都要汗毛直竖。在魏小平面前我一直是一个好学生,我不想让她看到我不好的一面,所以我死也不能让她叫到我。魏小平的眼睛在我们每个人的脸上都扫了一遍,我的心嗵嗵乱跳,还好,她叫的是徐红军。

"孩子们,现在我们来复习上节课教的歌,为了让你们记起这支歌是怎么唱的,我让徐红军先唱一遍。"

我们不得不承认,徐红军是魏小平音乐课上的红人,因为他的嗓子好极了。这个起哄大王,老是抄我作业的懒虫,馋痨病和小气鬼,有着我听到过的最美妙的女高音嗓音。他在操场上唱歌的时候,我常常会忘了打弹子的游戏。他也特别会灵活运用他的天赋,用他的歌声跟我们交换玻璃弹子、香烟壳、番薯干和各种各样的小吃食。

"徐红军,唱吧,同学们都听着你呢。"教室里安静极了,徐红军像女人一样尖亮的声音响了起来:"社会主义好社会主义好,社会主义国家人民地位高,反动派被打倒……"我们赞赏地听着,要是这声音不中断就好了,可是徐红军停住了,因为魏小平像一个乐队指挥一样举起了手,她走到风琴后面坐下,弹了一段过门。"好,请注意,现在我们大家一起唱。"我们齐声唱着,我因为侥幸过了关,唱得特别响亮。我们知道,这不是一堂普通的音乐课,魏小平正通过这些歌词,教育我们要热爱我们的祖国。

或许是我们唱得太乱糟糟了,不一会儿,魏小平停止了风琴伴奏。她走到我面前,说我发音的方法不对。天哪,她怎么知道我唱得不对?魏小平指了指自己的小腹,说:"唱歌的时候,这里要运气。"怕我不懂,她俯下身子,伸出两只手放在我的腰上。我的头一下子大了,我的小腹在她软软的手掌下涌起了温暖的气流。她长长的头发披下来碰到我的额头,她说话时呼出的气吹在我的脸上,我几乎没有听清她在说些什么。透过她敞得很开的衬衫领子,我看见了她的奶子,它们像两只可爱的小白兔轻轻荡着。我幸福得几乎要流下眼泪了。这就是我从八九岁起对美丽、善良的妇女的态度,我真想把自己的脸埋在她们乳房中间那个迷人的凹痕里睡去。就为了魏小平把她的手放在我的腰上,我也会发誓一定要好好唱歌,起码要比徐红军唱得好。

应该说一下的是,那时候我玩弹子玩得越来越好了。别的孩子随着季节和月份的变化更换游戏,但我一年四季总玩这个。每天傍晚放了学,我就趴在村子的晒场上打弹子,我手脚并用,在地上跳来跳去像一只猴子,把那些玻璃弹子一个个都准确无误地射进了泥洞。很快我就有了最佳射手的称号。我全身衣袋里都是赢来的玻璃弹子,一走动就发出叮当叮当好听的声音。这种声音使我走到哪里都趾高气扬。徐红军、狐狸经常跟屁虫一样跟在我的身后,因为他们的弹子赌光了,听着那可爱的玻璃弹子互相撞击发出的声音,他们兴奋得眼睛发光。有时我会借给他们一些,让他们过过弹子瘾,如果我高兴了,也会无条件地送给他们一颗或者两颗。这些玻璃弹子就像童话中的一个个金币,让我体会到什么是有钱人的快乐、有钱人的慷慨。但不久我就发现,他们都在提防我,他们想尽办法哄我高兴,从我这儿骗去弹子,但我要玩时他们就远远地跑开了。就算我把他们的玻璃弹子全部赢到手,但没有一个人跟我玩了,那还有什么意思呢?有一次我跟徐红军玩弹子时运用了各种计谋,连着一直输到第十盘,好让他们认为我不过是个无能之辈,尽管如此,我还是引诱不了对手。我只好一个人玩了,让自己的左手和右手无休止地决斗,但很快我就兴味索然了,因为我发现,我的左手老是打不过右手。

大概就在我一个人玩弹子的那些天里,地震的消息流传了开来。每个人的脸上带着张皇的神色,相互碰面了都不再问吃了没有或吃了些什么,他们说地震。"希他娘的地震怎么还不来?""快了吧,我看快了。"就好像地震是一个妖精,趁我们不注意的时候会突地跳出来吓我们一大跳。许多人变得小心翼翼,他们时刻关注着身边的那些小动物:鸡、狗,还有老鼠,关注着墙脚的树和草,看它们有没有异常的动静。地震的预兆不找还好,找起来还真有一大堆。我收集了一下,主要有下面这些——

首先是天气特别热,把张春良的外公热死了。张春良的外公是徐家桥人,他是一个糖匠。他住在张春良家的阁楼里,每天晚上都要喝老酒。有一天张春良他娘买了酒送到楼上去,发现他已经没有气了。菱池村的人说,张糖匠死得很适时,因为像他这样老得走都走不动的人,现在不死的话,到时候也要被地震震死。

狐狸家后园有一口井,半夜里经常发出咕咚咕咚很大的声响(这是狐狸亲口告诉我的)。

李万根的老婆有一天跑到学校里,打了魏小平一个巴掌。那天我们的魏老师没有给我们上课,她一个人躲在自己的小屋里嘤嘤地哭。快放学的时候,我们看见校长李万根站在她的门口嘀嘀咕咕说着什么。第二天,看到魏小平的眼睛肿得像小毛桃一样,我真心痛。我搞不懂,学校里的女老师有沈爱宝、潘青联(而且她们长得都比魏小平难看),李万根的老婆为什么只打魏小平一个呢?是不是凭着她是校长的老婆,高兴打哪个就可以打哪个?

村里的五保户张小玉太太家的黑猫找不到了(张小玉捧着一只装着小鱼的碗,找遍了全村也没有找到)。

徐红军家的黄狗跳上了墙,把徐红军的爸爸种的高丽参、仙人掌全都踩了个稀巴烂(开始徐红军以为黄狗跳上墙是去找屎吃的,他找遍了墙里墙外,都没有屎。因此可以认定,黄狗是在用它的方式提醒徐红军和他的家人,要地震了)。

那些日子的天空也有点不一样。黄昏,太阳下山了,西天的晚霞火红火红的,都镶上了金色的边线,它们诡秘地变化着,一会儿是一匹马,一会儿是几头奔跑的狮子,一会儿又成了一团硕大无朋的蘑菇,中间的黑浓得化也化不开。有一次我一个人站在河滩上,看见有一团云像极了李万根趴在讲台上睡觉的模样,我马上跑回村去叫人来看。当我们气喘吁吁地跑到河边,那团云早就让风给吹散了。我急了,我说:"我真的看见李万根了。"徐红军呸了一声,"什么呀,我看那像个大肚皮的女人。"他们哈哈大笑起来,倒好像我真的骗了他们似的。

到了夜晚。村子里的人全都来到了晒场上。他们带来了椅子和竹席,坐的坐,躺的躺,晒场上密匝匝的全是人影。大人们嘴边的香烟屁股像特务接头时的暗号忽亮忽暗。他们说,外面风凉,再说地震来了逃起命来也快些。夏夜的空气十分燠热,风息不动,小孩的哭叫声、打嗝声、放屁声、咒骂声响成一片,间或还有蚊子飞过耳边的嗡嗡声。现在,空了的村子几乎成了我们的天下,我们在黑暗里奔跑、追逐,很没有心肝地尖叫、大笑,全然不管压向每个人心头的地震的阴影。我们撕下作业本上空白的几页,折成各种式样复杂的飞镖。我们无休止地决战,从每户人家门口的自留菜地,到村口的河边,到处都是我们的战场。夜晚的黑暗,使一种叫"藏猫"的游戏玩起来更刺激了。玩这种游戏,通常是一个孩子面朝墙壁,把从一到十的数字数上十遍,在他数数的时候,别的孩子要在划定的游戏区域里把自己藏起来,然后再由这个孩子把他们全都找出来,黑暗使这种游戏变得惊心动魄。有一次当我憋着劲数完数,睁开眼睛,身边一个人影也没有,亮晃晃的月光照着树梢、屋顶,月光下的每一件东西都有了影子。我差一点哭出声来。当然我是不会哭的,因为我们是在玩游戏。后来我还是把他们一个一个找出来了。他们有的爬到了树上,有的就躲在不远处屋角的阴影里,还有的把自己藏在竹箩里,外面还加了盖子,因为他们哧哧地在笑,也都被我捉了出来。从黑暗中走到光亮的地方,他们每个人的脸上都有着汗水和灰尘混合在一起的痕迹,看起来怪模怪样的。有一次玩藏猫,结束的时候快半夜了,查了查,胡理中还没有被找到,这么长时间了,他会去哪儿呢,我们有点慌神了。"狐狸快出来吧。""狐狸我们不玩了!"我们边找边喊,不放过任何一个可能藏人的地方,草堆、沟坎、墙脚,甚至露天粪缸我们也要走过去搅几下,因为也不能排除狐狸掉进粪缸的可能性。后来我们走过徐红军家猪舍的时候,听见他家的老母猪嗷嗷地叫得有点异样,我们打开猪舍的门,黑暗中响起了狐狸得意的笑声。"臭死老子了!"狐狸大叫着跳到了我们面前。失踪了好长时间的狐狸,头顶满是蛛网,说话也带有股猪屎的腺气:"我知道你们找不到我的,谁也不会想到,我跟徐红军家的老母猪在一起。"

我敢说那是我们最快乐的日子,大人们忙着准备棉被、干粮、逃难路上要用的锅铲和碗盏,他们自己把自己吓坏了,再也顾不上在我们捣蛋的时候来呵斥,或者揪耳朵、敲栗暴。再也没有人对我们说这个不行那个不行了。我们快乐得几乎要昏了头。玩累了,我们就钻进桌子底下,桌子上铺着厚厚的铺被。这样的铺着棉被的桌子每户人家堂屋都有。桌子底下黑咕隆咚的,放着大人们早就预备下的年糕干、炒倭豆、烤番薯和烧酒(都到这一步了他们还忘不了酒),我们吃着这些东西,故意发出咯嘣咯嘣很大的声响。我们,饥饿而又快乐的小兽,咀嚼的牙齿闪着锐利的光。番薯、倭豆，这些东西都不太好消化，我们吃得太贪，很多人都得了严重的便秘，蹲在露天粪缸上脸憋得通红，好半天也拉不出一点屎。有一次，徐红军的奶奶拿着一把扫帚飞一般地从家门口跑过。她一双小脚能跑得那样快，我们都吃惊地张大了嘴巴。不一会儿，她就抓住了徐红军，扫帚柄头打得他的屁股啪啪作响："小祖宗，还没有蒸呢，你就全偷吃了，看我不把你的嘴缝起来！"

就在这时候狐狸退学了，狐狸的爸爸脖子上生了一个肿瘤，要住院开刀，他家里已经没有钱供他上学了。退了学的狐狸常常背了一只铁饼干箱来学校附近卖糖球。糖球五分钱一个，外面染满了白白的麦粉，一口咬下去就能拉出长长的糖丝，很馋人。上课铃响了，狐狸一个人绕到学校的后墙，爬到空坎上看我们上课。他一会儿向我们挤眼睛，一会儿从铁饼干箱里拿出糖球，用舌头啧啧地舔出响亮的声音，害得我们暗暗地咽口水。魏小平本来就不怎么好看他，看他越来越放肆了，就瞪起眼催他快走。狐狸就向魏小平弹口水。弹口水是狐狸的绝技，嗒的一声，他能把口水弹得老远。他是我们公认的弹口水大王。魏小平还没有走到窗口，狐狸就把唾沫弹到了她的衬衫领子上。魏小平掏出手绢，把胸前衣领上闪闪亮亮的口水擦掉。我看到她的脸因愤怒涨得通红。

狐狸对魏小平的仇恨越来越深了。一个正常的男孩子,看到魏小平这样又年轻又漂亮的女老师,喜欢还来不及(没出息的我就是这样),哪有像他那样的,当面弹口水不够,背地里还骂她……婊子。我们都觉得狐狸变了,变得像一个小流氓了。有一天放学的路上,狐狸拦住了我,一脸严肃地对我说:"魏小平是个烂×,她跟人乱搞。"我气愤地说:"你妈才乱搞呢。"狐狸没有生气,他说:"你不相信是不是?晚上我带你去看,你看过就知道魏小平是不是烂×了。"

那天晚上我跟着狐狸来到了学校,我们没有从大门走,而是绕小路到学校背后爬矮墙进去的。魏小平的宿舍就在我们白天上课的教室的隔壁。看到窗口透出的灯光,我有点怕了,我不知道看到的将会是什么,我觉得,我的心简直要跳出嘴巴来了。后窗有点高,什么也看不到,狐狸从远处搬来了几块断砖。他爬上去后就没有下来,我在下面拉了拉他。到底看到什么了?魏小平有乱搞吗?狐狸像害了牙痛一样咝咝地抽着冷气,"没……还没有。"后来,我欣喜地发现,后墙沙灰掉落的地方有一缕细细的灯光射出来,我把眼睛对准了那个孔。我看到了一颗小小的灯泡,还看到一个女人投下的影子在地上移来移去,不消说,那是魏小平在走动。慢慢地,那个影子移近了,我看到魏小平的小腿肚,有点胖,很白。她在用一块毛巾擦去上面的水珠。她放下擦过的脚,穿上了一双海绵拖鞋。一双粉红色的海绵拖鞋!我的脑袋嗡的一声,像被什么东西撞了一下,眼前浮现了发大水的那些天,赤裸着身子的丑陋的李万根,鸭子,吱呀作响的课桌,漂在水里的……破扇子,荡来荡去的拖鞋。我记得没错,那天我从窗口看到的,就是这一双粉红色的拖鞋。

我艰难地掉转头。我想我都看到了什么呀,一双鞋子,一截露在外面的小腿肚。我为什么要这样地难过?我起身就跑,委屈的泪水莫名其妙地淌了下来。狐狸踩着一大叠断砖轰地倒下了,他急急忙忙追了上来。"干吗呀你? 害得我只看到魏小平的背,连她的奶长什么模样都没有看清楚。"我想狐狸真他妈太下流了,这样的小流氓我以后再也不要睬他了。

不知是谁告的密,我和狐狸偷看魏小平洗澡的事大人们很快就知道了。他们说,啧啧,两个小赤佬,下面还没有毛就这样花了,以后还了得。不知是骂人还是赞叹。金花——她是狐狸的妈,揪着狐狸的耳朵非要他去学校给魏小平道歉。狐狸紧紧抱着门框,死也不肯松手。门口,看热闹的人围了一大群。看得出来金花的手下得很重,狐狸痛得龇牙咧嘴的,被揪得晕头转向的他突然惊恐地大喊:"地震啦!"我们像受惊的老鼠四散逃开,不知谁家的小孩撞倒了或者被人踩了脚,哇哇地哭。大人们也在跑,他们跑了一会儿发现没有带上自己的孩子,又返回身来哭喊着我们的名字。但我们已经跑得枪都打不着了。后来他们中的不知哪一个先停住了脚,仔细地看了看旁边的树和屋子,说:"咦,地没有动嘛。"他刚说完,狐狸的脸上又挨了他娘的两个巴掌。

地震终于没有来。它就像一个不守时的客人,我们做好了迎接它的各种准备,它还是没有来。快到了割稻时节,大人们又去忙他们的农活了。这么长时间等地震,田里的稗草倒一个劲地长,都长得快一人高了。虽然早就放了假,但天一落黑,父母们再也不放我们出门了,他们把我们管得比犯人还紧。再也不会有地震了,再也不会有那么快乐的时光了。他们把我们赶到床上,自己跑来跑去地串门。大人世界总有那么多的事。他们喝着茶,抽着日历本上的纸卷的烟,窃窃低语着什么,神色又紧张又快乐。我知道,他们一定有一件十分重要的事瞒着,不让我们知道。他们的谈话里经常出现这样一些词语:游行、红三司、流血、路线……还有一些是县城里的地名,我们听起来十分陌生:

老江桥头、武胜门、牌轩下。

农历七月十六,妈妈给我做了一碗炒面条。面条上撒了细细的葱花,我吃得很香。妈妈告诉我,今天是我的生日。然后她就把门关上,留给我一大片的黑暗,让我早点睡觉。我趴在窗口,外面,夜幕已经拉了起来。白亮的月光下,我们的村庄伸展着,一排一排的瓦片就像灰色的鱼鳞。我默默地看了一会儿。我真爱这些远远近近沉入黑暗的屋顶、老墙门、树木,我真想在它们之间自由自在地奔跑。我看见一群大孩子排着队,从村口喊着口号走来。他们举着的花花绿绿的小旗子,被晚风吹得呼啦作响。后来他们走远了,再后来,就只剩下风穿过门廊的声音了。这是一个平常的夜晚,1976年的一个夜晚。

到我们重新开学的时候,魏小平已经离开了学校。有人说她到县城里教书去了。接替她教我们的,是那个老是虎着脸,戴一副黑框眼镜的潘青联。(不久,我们就快乐地发现,潘青联这副样子,很像图画书里出现的那个臭名昭著的女人,我们在背地里都叫她那个女人的名字。)

开学没有几天,一个早晨,校长李万根哭丧着脸走进了我们教室。他让我们每个人回家去做一个黑袖套,用别针别在手臂上。就从那天起,我们的音乐课取消了,每堂课前还要默哀三分钟。因为没有一个人有手表,三分钟谁也不知道有多长,我们默哀的时间就越来越短。有时站着站着,有人会忍不住扑哧笑出声来。如果有一个人放了屁,笑声会更加响亮。

我回家拿这个当笑话讲,大人就骂我不懂事。他们说,今年真是一个凶年。

暗夜行路

1

那个男人的影子不时地在少年的脸上晃来晃去,这样,少年一会儿可以看到快要被群山吞没的太阳,一会儿就只能看到那个男人蓝色卡其布上衣的背影。正是下午四点钟光景,阳光使一切东西都有了阴影,男人的影子拖在歪歪斜斜的山路上,又瘦又长。少年快走几步,这样他的脚每一次都落在了这个影子的头部。他嘟哝着,四叔,我们干什么要走得这么急,明天早上赶回去不行吗?被称作四叔的男人停下脚步,回转头来,斜斜射来的太阳光使他眯起了眼睛。他摸出一根纸烟点上,用温和的又是不容置疑的口气说,不行,回去晚了就赶不上送你奶奶上路了。奶奶不是已经上……路了吗?少年问。不,她的身子熟了,但她的心还记挂着我们,所有的人都到齐了,她才好宽宽心心地走。少年给弄糊涂了,你不是说,奶奶她昨天夜里咽气了吗?是的是的,可是每一个咽气的都要在门板上躺上好几天,几天以后,你奶奶就要送到黄泥公社掘落大队去了。被称作四叔的男人为自己的最后一句话得意地笑了起来。他催促少年,快走快走,晚了就赶不上送你奶奶了。

2

后面有一辆三卡突突地开了上来,四叔跳到山路的中央,伸手拦住。柴油发动机的声音很响,少年没听清四叔和那个司机说了些什么,大概意思是想搭那人的车子吧。随后就见四叔给那人丢过去一支烟,他们就上了车。因为是上坡,少年看到三卡的后屁股冒着黑黑的烟,好像爬不动的样子。四面的群山回应着三卡的轰鸣,这声音像水浪一样晃荡,惊得一群群麻雀摇摇摆摆地飞去。天越来越暗,靠了车头微弱的一点灯光,车子在慢慢蠕动,少年真担心三卡会一不留神掉到山脚下去。三卡弓着身子开到山腰,几排错错落落的屋子亮着灯,看样子是一个村庄。司机慢腾腾地熄了火,说他到家了没法再往前头开了。他们下了车再往前走,这时,四旁的山渐渐地矮了下去,抬眼看时开朗多了,满天的星星在群峰之上,密得像是焦饼上的芝麻,仿佛一抬手就可以撩到。天上的星星亮了,好像是亮着无数的街灯,这是不久前才学过的课文,还是一个叫郭沫若的诗人写的,少年想这天上的街市都是什么样的人在走呢?

3

翻过山,他们看见了旷原上村落的灯火。那些村子都散得很开,夜色中,灯火就像夏天草丛里某种会发光的昆虫一样会移动。远远看过去,这些村子就像一个个发着亮光的岛屿。天还有亮光的时候,一直是少年走在后边,但现在,他执意要走到他四叔的前面去。从前也在夜晚出过门,但只是在村子里四处溜达,至多也不过和小伙伴们去邻村看一场露天电影,像这样在一个暗夜赶那么多路是从来没有过的。听着身后啪哒啪哒的脚步声,他就有点慌慌的。很早的时候大人这样说过,走夜路的时候听到后面有声音千万不要回头,因为那是自己的魂在跟着自己走,一回头,魂就跑掉了。现在他知道身后的脚步声是四叔弄出来的,但还是怀疑有自己的魂跟着,所以不敢回头。一颗心忐忑着,他就不知道自己该走在前头还是后头了。西边天空不知什么时候出现的月亮,像亮亮的镰刀,路边的池塘平滑得像是金属的表面。然后就出现了熟悉的石板小路,村口的石桥、篱笆和柳树。他听见村里有人边跑边喊,来了来了,他们来了。

4

他看见了奶奶。她躺在屋子的正中,身上盖着大红的绸被。她是那么的瘦小,这真让他惊讶。她额头的皮肤像是用很薄的面粉糊出来的,又黄又干。她的头发还是像平常一样在后面绾成一个结,灰灰的,像铅丝一样。她的嘴巴闭得紧紧的,好像在暗暗用力。堂屋的门板都拆下来了,夜风自由地穿来穿去,屋子里变得和田野上一样的冷。他还看见了奶奶身边和学校里跳高架一样的两个木架子,木架子上一层一层全是点着的油灯。

5

爹不知什么时候回来的,和大伯、三叔,还有后来赶到的四叔跪在屋檐下的石阶上。天井的上面搭了一个帆布篷,他们这些男孩子就跪在露天的布篷下面,膝头都生疼生疼的。女人们挤在里屋。一个穿着暗红色袍子的道士撮着三炷香站在桌子前,他让少年走到他身边,给了他一支竹竿。竹竿上还长着新鲜的竹叶。他拖长了嗓音唱一会儿,就让少年摇动竹竿喊一声"一金斗",下面跪着的便跟着喊——"一金斗喽"。少年站在道士身边,隔一会儿就把竹竿摇得簌簌响,他觉得自己这样子真是滑稽。下面黑压压的全是人头,少年看到他爹和大伯在低声争吵着什么,好像是为了屋宅地还是别的什么东西。他爹的鼻子眉毛难看地扭成一团。他四叔不知什么时候在膝头下暗暗地塞了一个草结。这满天井跪着的大人,他们的子女们,还有自己,都是因为她,背后静静地躺在门板上的那个瘦小的老妇人才有的,少年想这真是不可思议,人的生命真是一种很奇怪的东西。屋子里的灯光透过敞开的门向外爬去,少年的眼睛跟着这灯光投向屋外的黑暗,没有星星也没有月亮(就是有的话也看不见),天上的街市怕是早散了吧,那么浓的黑就像石头一样沉。

6

爹在邻县教书那会儿管不过来他,他就住在奶奶家。那时他常去奶奶家的后园。后园里种着萝卜、夜开花,还有高高的向日葵。木槿篱笆谢了花,结出的籽像一个个的小鸡雏,他管它们叫"鸡妈"。秋天,奶奶站上高凳,把沉得抬不起头了的葵花盘摘下来。他帮奶奶把两个葵花盘对着磨,葵花子儿就好像落雨一样掉进了畚斗里去。后园的东北角,一丛竹子底下,摆着一只黑乎乎的大木头箱子,上面还盖着一把把的稻草。后来他知道了那叫棺材。他跑到旁边的草丛里抓蟋蟀,掘蚯蚓,奶奶说,轻点轻点,别惊了你爷爷。他就知道了里面睡了一个人,是自己的爷爷。奶奶说老头子在等我呢,竹子一响,我就知道他和我说话了。又说,等我也死了,我就和他一起到山上去。她伸出手掌摸着少年的额头,少年感到奶奶的手凉凉的。到那时候你会来看奶奶吗?她说。

7

哭声响亮地升了起来,先是在屋梁底下盘来盘去,后来就汹汹地涌向门外面,像某种油腻腻的空气一样粘在田野植物的叶片上。少年不时扭头向里屋看,那里挤着一桌念佛的老太婆。姑姑和姨妈带着她们的女儿也在那里,刚才的哭声就是她们发出来的。娘抱着他四岁的妹妹,一手拿着他走夜路被露水弄潮了的衣服。妹妹睡着了,嘴角一摊湿湿的涎水,她咂巴着嘴一定在梦中吃什么好吃的。姑姑、姨妈和她们的女儿们第二遍哭的时候,少年又走神了。这一回他是在看一个叫碧仙的表姐。刚才他差点儿认不出她。她长得那么高,简直就是一个大人了,只有那根拖到屁股上的长辫子还保留着过去的一点影子。她的脸上挂着真诚的悲伤,两只手交叉着像一对柔弱的鸽子。道士扯扯少年的衣袖,少年慌忙收回眼光把竹竿摇出哗哗的声响。他不知道自己今天晚上是第几遍喊那个该死的"金斗"了。少年又把目光投向里屋的人群,有一会儿他和碧仙表姐的目光对在了一起,她露齿笑笑,少年觉得这笑容是那么陌生,一点印象也没有,又是那么的好看。娘一直看着少年单薄的身子,看着他张来张去怕冷的样子,她提着已经烘干了的那件外衣从里屋走了出来。少年突然对那个道士说,你找别人摇竹竿吧,我想去外面撒尿了。

8

他们给奶奶换衣服了。奶奶的身子变得硬邦邦的,像一根大木柴在他们手里翻来翻去。奶奶里里外外一共穿了七件衣服,都是很夺眼的红色。穿上了七件衣服的奶奶变胖了,变得像一只包扎好了的粽子。往棺材板上钉钉子的时候,哭声突然爆发了出来。他们边哭边把棺材盖敲打得啪啪作响。少年看到表姐那双白鸽子一样的手也飞落到了黑漆漆的棺材上面,它们在上面迟疑着,伤心地滑动着。他抬起头看到了碧仙的眼泪,它们拥挤在那双眼睛里还来不及流下来,这使她的眼睛有了一种特别动人的光芒。最后一下锤击声消失了,空气中飘浮的哭声也低了下去。烧着的纸钱打着旋升到屋梁下面,然后落下的是黑黑的灰烬。这是他身边第一个去世的亲人,她骂过或许还打过他,也给过他爱,现在她死了,最后一颗砸下的钉子使她再也看不见人间的光明。想到这里,少年心里有点发酸,他觉得自己生命里的一段时间也给关在了里面,它们像被关住的鸟再也飞不出来。

9

那时他有多大?七岁,还是更小些?碧仙可能有十三四岁了,一个中学女生的模样。她的脸尖尖的,人都说那是瓜子脸狐媚样。她笑起来总是像一只小母鸡在咯咯叫。她学着村里那些女人的样子用火钳把刘海烫得弯弯的,用凤仙花的花瓣把手指甲染得红红的。碧仙是他二姑妈的女儿,她上面还有一个哥哥。二姑妈嫁在一个叫苏家园的地方,那是一个山脚下的村庄,有溪水,也有竹园,他去过,要走很远的路,要走过好几根石桥。二姑妈身体不好,春天花开的时候就要发羊癫风,边打滚边吐白沫的样子十分可怕。碧仙的那个哥哥老不争气,打架,偷东西,还把家里的东西偷出去卖。二姑妈要么不来,一来就哭自己的命苦,边哭边骂自己那个儿子不成器。少年想自己那时候真的一点也不懂事,奶奶在那边陪二姑妈哭,他们表兄妹们一起搓草绳,把稻草当飞箭玩打仗,射得满天乱飞,一点也没有心肝地哈哈大笑。碧仙搓草绳搓得飞快,她偏着头,两只手掌几乎看不见影子,一会儿屁股后面就是黄灿灿的一大堆草绳了。有时候他们把草绳的一头绷在墙角的老树上,两腿夹着稻草,搓着草绳一匝匝地绕着屋子转。他落了后,就故意把碧仙表姐的草绳弄断,有刀子就用刀子割,没有刀子就用牙咬,害得碧仙表姐老是跑到奶奶那里告他的状。碧仙表姐会讲好多故事,都是鬼故事,里面有山怪,有狐狸精,这些故事里的鬼要么拖着猩红的舌头追人,要么穿着白衣服从树后钻出来吓人,少年听得大白天都要汗毛直竖,晚上睡觉了还满眼都是鬼的影子。那时候是夏天,碧仙穿着二姑妈的改小了的洋布衫,薄薄的洋布衫上有蓝蓝的碎花花纹,她小小的胸脯已经有点和别的女孩子不一样了。有一天下午,碧仙表姐和他一起下河去摸河蚌,他们从河里上来,他看见湿透了的衣服贴在表姐的身子上,里面耸得像两只乒乓球一般高。他想知道里面是什么,但表姐换衣服的时候偏偏躲开了他。

10

夜深时分下了雨。黑暗中,雨像蜂群一样扑落在草垛上,没有一点声息。这时候少年走进了乡下的一所大屋子。好像也是在夜里,天上星星很亮。乡下的大屋子在蓝色的夜幕中显出了剪影。那是一幢十分高大的屋子的轮廓。少年走在这屋子又长又暗的走廊里,风从四面八方吹进来,他发现这屋子没有一扇门,应该装门的地方还是空空荡荡的。少年在黑暗中呼喊,屋子的深处响起了笑声。少年被自己的喊声惊醒了。他发现自己刚才坐在石阶上睡着了。他站起来走到外面,田野上五月清晨的凉气让他打了好几个喷嚏。他发现天已经快亮了,因为星星的光已不那么猛了。果然他看到,天最早是从那些麦梢的顶端亮起来的,渐渐地,下面的土垄和豌豆也可以看清了。

11

他们抬着奶奶上路了。奶奶伸手摸着他的额头。奶奶说,等到我死了,我就睡到山上去,到那时你会来看我吗?

12

四叔拿烟点着了爆竹,四面的山回应着爆竹声。纸屑落在了周围的草地上,落进了人们的颈脖里。四叔的手熏得黑黑的,他往掌心吐了一口唾沫使劲地搓。落灵喽——,这是大伯在喊。每个人都伸出手掌在朱红的棺材盖上磨了几下。他们捡起土坷垃用布包起来。他们说,每个人都带一点回去,这是金子啊金子。少年看见树杈间一根被太阳光照得闪闪发亮的蛛丝,被风吹得荡来荡去。到那时你会来看我吗?少年好像听见一个声音在说。他循声看过去,坟的上头一大片树梢低下去,又抬起来,好像有一双看不见的脚在上面走过。他低低地叫了一声,奶奶。

13

回来的时候发生了一件事。要是没有这件突然发生的事,在这次奶奶的葬礼上,少年和他的碧仙表姐可能一句话也说不上。他们围着奶奶的坟头走了一圈就下山了,少年落到了后面。人去山空,树林里叫不出名字的鸟在喳喳地叫,这单调的叫声更显出了四周的静。少年的心慌慌的,一不留神,他的脚让枯树枝绊了一下,他几乎来不及喊一声,身子就骨碌碌地翻滚了下去。走在前面的碧仙表姐听到后面的响动,一回头,就看见少年像一只翻转了的酒缸一样飞下来,她一声惊叫,少年已躺在了她的脚边,两根斜出的毛竹拦住了少年往下滑落的身子。有一瞬间她的嘴张得大大的,似乎不明白刚才发生了什么事。她抱起少年,她的声音听起来像在哭,你没事吧没事吧?那一刻,少年眼前的竹林和天空已停止了旋转,他看清楚了是碧仙表姐抱着自己,自己的上半身是躺在碧仙表姐的怀里。表姐的脸离他是那样的近,他可以听到表姐急促的呼吸声。从表姐的衣领子里透出的好闻的气味,就像是一种水果糖的气味。他左半边的脸还紧贴着表姐的胸脯,他听到里面好像小鹿在奔跑。少年有一会儿几乎想赖在表姐身上不起来了,太阳照着,竹林哗哗响着,少年想这样躺在碧仙表姐怀里死去倒也不坏。大人们听到声音又回头走了上来,少年飞快地跳起来,整了整衣服,除了手背上划出了几道血口子,衣服被撕开了一个大洞,其余倒是没有什么大碍。碧仙表姐用手绢揩去了他额头上的泥,揩到被擦破了皮的地方,少年禁不住哇哇大叫起来。再接下去的路,碧仙表姐一直走在他的身边,他走得太快了还伸手拉他一把。她问少年读初中几年级了,喜欢语文还是数学,她还打趣说少年的嘴唇上边有两道黑黑的墨水痕。一定是你写字的时候抹上去的。她认真地说。少年的脸还是红红的。他还没有从刚才的事中缓过神来。他回味着表姐抱起自己的那会儿,那会儿的竹林和太阳就像电影里的一样鲜艳,时间也不再流动了,他有一种回到了过去,回到了在奶奶家的竹园里表兄妹们一起玩耍的时候的感觉。碧仙表姐的话说起来没个完,这会儿她开玩笑说少年在学校里一定有要好的女孩子了,因为少年的样子看起来已经是一个小大人了。能不能把她带来让表姐瞧瞧?她大笑起来。为她的这一句话,少年生气了,愤怒使他涨红了脸。我跟谁也不交朋友,他气呼呼地说。剩下的路上他赌气不跟碧仙表姐说一句话。

14

回到村里,碧仙表姐说头痒痒的,趁太阳好,她想洗个头。她的辫子散开来,乌黑的头发一脸盆也盛不下。她往头发上打了香皂,搓出雪白的泡沫,太阳下,一个个的泡沫闪着五颜六色的光。她想换水的时候睁不开眼睛了。她喊着少年的名字,喂喂,傻站着干什么,快给我倒水啊。少年端来了满满的一盆水,他奇怪自己一点也不生气了,刚才对碧仙表姐的不满一点也没有了,他想,原来我很喜欢她啊。碧仙表姐伏着身子,一下一下地揉洗着头发,她的手一动,下面就露出白白的一片腰肢来。一会儿,她又喊了,喂喂,帮我按住领口,衣服让水弄湿了。少年把手搭在她的脖子上,表姐的脖子又白又嫩,像洗净的藕,还往上升着一层薄薄的热气。少年不由自主地伸出手指在上面点了一下,表姐像受冷一样跳了起来,喔!作死啊,把你的狗爪子拿开。少年愣了一下,好一会儿才明白自己干了什么,他红着脸飞一般跑开了。

15

晚上的斋饭照例有很多人,十几张桌子屋里摆不下,有的还摆在了院子里。吃饭的时候少年坐在院子里,他看见碧仙表姐坐在屋子里,她的一头长发洗过后蓬蓬松松地披在肩上,说不出来地好看。她好像没事一样,又是吃又是和坐在旁边的人说些什么。少年一点也吃不下,他盼着晚饭早点结束,这样他可以找碧仙表姐道个歉说声对不起。后来客人渐渐散去了,有一会儿他们在院子里遇在了一起。碧仙表姐无言地看着他,他的心里涌起了一种羞愧的无地自容的情绪,他的嘴唇动了动,却说不出一句话来。表姐看着他羞愧的样子,好像是微微地叹了一口气,就从他身边走了过去。那些桌椅板凳都是向左邻右舍借来的,他们吃过了饭,也把这些家什带回了自己家里,院子又空荡荡的了,人散后的院子变得分外寂静。初夏的夜晚,风吹过来还是有点凉丝丝的,少年站了一会儿,就走到了院子北首的白杨树下。这棵白杨树自他懂事起就立在那儿了,它为什么会来到这个南方的村子里至今还是一个谜,现在它的树干笔直地伸向天空,就好像一只手臂想撩开黑暗。少年抱肩站在树下,深吸了一口气,他好像把这夏夜的凉丝丝的黑暗也吸下去了一块吞到胸膛里。他在树下扎了一个马步,微闭起眼睛,现在他感到心里平静了许多,黑暗的空气一下一下拍打着他的身子。然后,凭着屋子里射出的微弱的灯光,他觑着眼睛向杨树劈出去一掌,掌沿犁开细密绵实的空气,准确地落在树干上,树叶簌簌地落了下来,星星也在轻轻摇动。紧接着,他的右脚从后面撩过去,也啪的一声点在了树身上。反弹过来的力量就好像杨树在愤怒地推开他,他一个趔趄差点儿跌倒……

寻找隐地

> 如果这是一个故事的话,那么是谁编织了这个故事呢?
>
> ——题记

为了听起来像那么回事,我决定从那个神秘的电话说起。

你知道像我这个年纪的人,一天里总要接到几个电话。有的是朋友打来的,有的不是。电话真是个好东西,你用不着跑老远的路,也用不着铺开信纸咬笔杆,就能跟朋友们海吹神聊。它起码可以把死水一般的生活弄出一点皱褶来。我有那么多空闲的时间要去打发,你可以想象我有多寂寞。

那个电话不是我去接的,因为那台红色电话机不在我桌上。话筒递到我手上,我只听见里面嗞嗞的电流声。我喂喂了好几声,电话那头有个声音说,好久不见了啊,来喝杯酒怎么样?那声音似乎很耳熟,但搜遍记忆怎么也想不起来。你是谁?那头十分宽宥地笑了笑,飞快地报出一个地名,随即电话里就是嘟嘟的忙音。

我在翻开的笔记簿上飞快地记下那个陌生的地名:隐地。

就这样,我来到舜水南路的车站,一拦手就跳上了这辆车。我想这个电话肯定又是哪个招聚的朋友打来的,他捏着嗓子说话或许只是为了给我一个意外的惊喜。好几次,他们中的几个给我打电话时总把嗓子捏得尖尖细细的,像一个女人的声音,故意说些仰慕我,希望结识我等等肉麻的话,这套把戏我见得多了,这次想来也不会例外。这个冬天的下午又长又无聊,我真想早点赶到那个叫"隐地"的地方和他们(不管是哪一个)大碗喝酒,然后再带着酒劲谈谈各自经历的爱情故事。正像苹果有一个核,这个爱情故事的核嘛,就是谈谈女人,不好意思,这么多年的空闲时间,就是这样打发的。

看看车窗外树木的影子,就知道这车一直是在向西开。我的印象中,"隐地"应该在那个方向的。驾驶员裹着件臃肿的羽绒衣,从背后看去不是很年轻。他后脑勺上那一小绺灰白的头发甚至让我感到一点安全。没有人和他说话,他轻轻地哼着一首歌,老是翻来覆去的。车子在市区里驶得很慢,但一出西门口,就像匹野马乱蹬乱踏起来。一张张表情不一的面孔不见了,从车窗望出去,只是黄泥路黄泥路黄泥路。路劈面撞来,又向后扬去,低低地挂着。苦楝树早就落叶了,一蓬蓬金实小巧的果子,远远望去就像是金色的梅花。

这辆中巴车只是途经我所在的云城。车子左边是七扇窗,右边是七扇窗,十四扇窗玻璃外面是一点一点的泥浆,里面全是哈出的热气结的水珠。这水珠使得窗外一掠而过的景致看上去有了水彩画的效果。车里七男一女(驾驶员除外),连我一共八个。他们脸色疲惫,有的还呵欠连连,看得出,车子已跑了老远的路,他们都累了。

其实那个女的我打一上车就注意到了。或许叫她女孩更确切些,她的腰很细,辫子很长,脸上有种捉摸不定的东西区别于我周围云城的女孩子们,这一点让我很动心。车子宽敞得可以打呼噜睡觉,可她一直站在中间过道里,没有坐。说真的,我很希望她能坐到我身边来。寂寞的车途中有个女孩坐在身边当然是很美气的。她长长的辫梢一直在我眼前晃悠着,我的眼睛抚摸着她鬓梢下迷人的凹痕,那完美的弧度让我想到一个叫麦克白斯的美国佬的一张人体摄影,那是一个女人臀部的特写,巨大的白色充满画面,像一个浑圆的乒乓球。

我出来时,随手带了一本叫《失传的游戏》的小说。这是我喜爱的一个太原女作家写的。我原本想在车途中借读书聊解寂寞。但车子颠动得就像波涛中的一条船,一会儿上抛,一会儿又下跌,人就像电梯启动时那样老是失重,胸口也痒痒的。那薄薄的一本书不听使唤了,里面的主人公们也张大黑洞洞的嘴满脸惊惧。车窗玻璃老是频率极高地振动着,耳边总像是有蜜蜂嗡嗡着。车窗外的田野上,有人在烧荒,浓烟四起,火光都隐匿着。汽油的气味和车厢里回荡的那股食物糜烂般的馊味老让我昏昏欲睡。这一回,我听清了有一绺白发的驾驶员唱的那几句歌,唱的是五百年前和五百年后的事:五百年前的天空碧蓝如洗,五百年前的我遇见了你……五百年后的容颜秀丽无比,五百年后的感觉无与伦比……哦,五百年,那些相信前生的人都这么说。

路的转弯处,一只黑山羊突地蹿了出来,好奇地打量着驶近来的四个轮子的怪物。车嘎地刹住,车厢里的女孩一不留神,重重地摔倒在一个脸孔黧黑的家伙怀里。旁边几个人不怀好意地笑了起来。她挣扎着站起身,脸涨得通红。我向她指了指身边那个空着的座位:坐吧,路震得厉害。她看了我一眼,走过来,却不坐在我身边,而是在右边那排空椅上坐下。失望像水一样漫过我的胸口。

这时太阳已经快要落下去了,红红的太阳变得扁扁的,被那排乌桕树梢顶着,一不留神就要戳破的样子。车子接着是上坡,山石诡异,像作势欲扑的怪兽,褐色、凝重的颜色,映衬得她的脸天使般光洁。终于挣脱了那群蹲伏的怪兽,车子在大平原上向落日的方向驶去,我转过头去再看她的脸。天啊,她只是个平平常常的女孩,鼻翼两边还长着雀斑。

冬天的太阳说落就落的,天马上暗了下来,浓重的夜色像一条条蛇,从没有关严实的车窗里挤进来。车外的山啊树啊河啊,起先还影影绰绰的,后来就什么也看不到了,车里没有开灯,每个人都被黑暗包围着,看不清身影,也听不到呼吸。我们的车子正划破冬晚冰结的空气,向黑暗中某个不知名的地方奔去,一想到这点,我觉得恐惧,就像一个人坐在黑咕隆咚的车里,我想喊车停住,但下了车又怎么样呢,车外没一点灯火,在这前不着村后不着店的旷野(我想一定是旷野)上我又能干点什么。随它载我去什么地方吧,我是豁出去了。车子震得厉害,那单调的隆隆声就像是耳鸣,我的大脑里有一匹布被嘎嘎地撕裂。

我睁开眼睛的时候,车子已经停下了,我推开车窗玻璃,寒气凛冽地扑进来,天上三两盏星火,颤颤的,风一使劲吹就要熄灭的样子。六个男人离开座位,黑暗中,他们的脚碰痛了我,他们鱼贯着走下车,就被夜色吞没了。到了,都下车,都下车,驾驶员熄了火,不耐烦地叫了起来,就这里下?我尖叫起来,不,不,我是去"隐地"的。

那你肯定是搞错了,这班车到终点了。

笑话,这儿没灯没火,光秃秃的没一间屋,怎么会是终点?

谁告诉你的,终点一定有灯光有屋?喏,看见前头那三棵树了?从这儿走下去,就会通到你要去的任何一个地方,不但有灯光有屋子,还有女人等着你呢。

反正……我不能在这里下。我的手指在衣袋里戳到一个硬邦邦的东西,那是一把裁纸刀,走得匆忙就随手塞进口袋里了,没想到也会派上用场。刀片细细溜溜的,却长,我扬了扬它,胆壮了不少,话也变得匪气多了。妈的你少废话,你把我扔这儿我跟你没完。

他也闻到了这把闪射着冰冷的星光的小刀的铁腥气,口气也软了许多。收起你这把割卵不出血的东西吧,我就再带你一程,说好了只一程的,我不是怕你……我知道,他怕的是那把刀。

我从车门口回到座位,车子引擎发动了,我才发觉那个女孩也还没走,她睁着亮闪闪的眼看着我。我说,你为什么不下车?她的一只手摸索着伸过来,搁上我的膝头。我的脑袋嗡地一声,随即我闻到了一股好闻的玉兰花的香气,这香气盖过了弥漫车厢的汽油味,我不知道那是她的手上的气味还是她嘴里的气息。她说,你在哪儿下车我就在哪儿下。我说我是去"隐地"的,那里有人等我去喝酒。她笑了起来,我听见她说,一顿酒就能把你骗出大老远的路,我请你喝得了。

我知道那是女孩们惯耍的贫嘴。云城的女孩子都这样,有女同车,而且又是解语的花,这一趟也算是不虚此行了。我捉住她的手,那双手现在乖觉多了。我想一直这样坐下去也不是坏事。

但车子马上又停住了,长长的车灯把一整块的黑暗撕出了两个大洞,我看见了前面是一个城的轮廓。司机骂骂咧咧打开驾驶室的门,跺着脚喊我们下车。我探出头,说是不是到了,司机说你下来看看就知道了。我下了车,脚好像踩在一垛棉花堆上,虚虚的,使不上劲。我想可能是坐久了麻木的缘故。我一下车就喊了起来,不对呀,这儿不是我要来的地方。司机诡谲地一笑,你怎么知道这不是你要来的地方?我的感觉告诉我这儿不对劲!我冲着他大喊,干脆你把我拉回去得了。他已经在发动车子了,扔给我一句话,对不起了,我这车子从不往回开。

愤怒使我忘记了她的存在。过了好一会儿,她扯扯我的衣袖,指着前面街区透出的灯光说,你冷吗,我们去喝一杯怎么样?

为了听起来像么回事,我决定从那个神秘的电话说起……三个月前在浙西一个叫汤溪的小镇,我已经试着写下了开头这句话。我原本计划在这个小镇的简陋客栈里写完这个故事,但情况糟透了,想不到地糟。汤溪是一座废弃的县城,它的寥落里依稀还能现出昨日的风采,但终究是破败了。我到的那天正好停电,沿街店铺里影影绰绰的烛光让我觉得仿佛走进了一座鬼城。就是不停电的话,旅馆空荡荡的空间里15支光的电灯光落到我纸上也只是一片晃动不止的水纹。当夜幕开始降临这片曾经的繁华之地,寒冷使我裹紧了散发出刺鼻气味画有稀奇古怪图案的被子,一点幽亮的烟火在一个人的房间忽明忽暗,像森森的磷火……而这时,蛰伏在被筒中饥饿的跳蚤正伺机攻击我这个冒冒失失送上门来的傻瓜。

汤溪之夜,风把窗子撞出鸟叫一般咕咕的声响。窗外,疯狂的雨水肆意修改着街道和田野。浮上我梦境的是十八岁那年的初恋,她叫小芹,那年刚从外地调来我们单位的幼儿园。她时常像一只母鸡一般,张开翅膀,护着那群称她阿姨的小萝卜头走过十字路口的斑马线。大车小车以及站在路中央执勤的交警时常向她和她的小萝卜头们行注目礼。他们对我说,小芹的奶子真大,你敢勾她吗?我的脸腾的一下就红了。我说真的吗,我怎么没发现? 人家还是小姑娘呢。他们不怀好意地笑起来,你怎么知道她是小姑娘? 你试过了? 她是一个老关东了! 这以后,看见小芹我的眼睛就会不听使唤地落在她胸前,我骂自己,你真下流! 但那对奶上好像长出了一对钩子,钩子把我的眼光勾得直直的。

以白天、黑夜,我发誓,十八岁那年的我常常梦见的是小芹像花儿一样鲜艳(这比喻俗了一点,但贴切)的脸,而不是她胸前那两团活泼泼跳动的肉,我经常想伸手去小心抚摸的也只是她的脸而不是她的胸脯。我发誓,我只是想走近她,像那群还没有她屁股高的孩子仰起头叫一声:小芹阿姨。惹你笑话了,我真的只想这样的。我还从我少得可怜的工资里抽出一点钱为她暗暗买下了一条丝巾。丝巾是白色的,摸上去白云一样柔软。我想象着有一天能亲手给她围上,我常常为这样的想象激动得手足无措。

通过种种途径,我打听到小芹的老家在一个叫梁冯的山区小镇,我还打听到,小芹每星期六的傍晚坐一班开往南线的末班车回家。于是我做出了一个傻瓜才有的举动,在星期六的早晨买了一张开往梁冯的车票塞到她的手上然后面红心跳地逃了。接下来的事情我不说你也一定猜到了,小芹和我有了第一次约会。但那条白色的丝巾我一直没机会送出手,因为那是我和小芹第一次也是最后一次的约会。

那是我十八岁那年四月的一个傍晚,风有点冷,天上有淡淡的月光。云城的街灯下走着一个心事重重的少年和一个叫小芹的女孩。他们分得很开,不注意看会以为他们压根儿就不认识。他们走得很快,脚似乎已与大脑分离,他们听任脚步把他们带到任何一个地方去。他们在一座弯成好看的圆弧的桥上站了三分钟,没说一句话,当少年的脚再度迈出去的时候,女孩有点哀怨地说,你要把我带到哪儿去啊?那年头的云城还没有那么多好玩的地方,尤其是夜里,风把所有路人都赶回了家。然后他们就到了云城北郊的铁路边。为什么会来到这个荒僻的地方,少年至今也说不上来,他已没有了自己(他把自己出卖给了一双脚),他的身体里着了火一样,这团火让他恍若身处梦中,他在走了那么多路后脚步还那么轻捷,简直不可思议。然后他哆哆嗦嗦地抱了她,他们抱紧的时候正好有一列经过云城的火车飞快地从他们身边驰过,钢铁的轰鸣声中,火车行进掠起的气流鞭打着他们的身体。望着黑暗中消失的火车,少年突然想起了一部黑白的外国影片中的镜头:男主人公一脸悲壮,抱着美丽的女主角走向远处,他们的脚下,浮现出激荡人心的音乐和长长的演职员译制人员名单……少年试图模仿这个动作,他试了几次想抱起他的女主角,但女孩太重了,少年蚍蜉撼大树式的举止惹得她笑出了声。她咯咯地笑着说你把我弄得全身都痒痒的。她一把捉住少年笨拙的手按在自己胸前,并飞快地解开了衣服上的暗扣。少年听到月光发出蜂鸣一般的嗡嗡声,他眼前的女孩胸前的衣襟像春天的花苞无声绽放,露出里面大红的毛衣,起伏的毛衣。女孩的脸红得可怕,她呼出的气流让少年晕眩,她的身体在少年的臂弯里挣得笔直随即又浑身着了火般不住扭动。她不住地催促少年快点快点你怎么还不行?少年盯着她的处于迷乱状态的脸,四月的寒气一点点渗入了她的身体。他不明白,花朵一般美丽的脸孔在月光下怎么会变得如此丑陋,如此不堪入目。他有点后悔了。他还有点怕。他听见一声悠长的叹息从他的体内释放出来,然后又成为一只鸟飞出,消失在四月的夜色中……

十年后,我在一本婚姻家庭杂志上看到了这么一段话:喜欢女人脸的男人是一个自恋者,他的性心理总停留在儿童的状态。三十岁的男人看女人看胸脯,四十岁的男人看女人看臀部,六十岁的男人,只对女人的一双手感兴趣。

我十八岁那年的初恋能回忆的就这么一夜,多么乏味啊。下面我们再接着说。

我们来到了一个四面墙上嵌满镜子的小酒店,经过多面折射后的灯光让我晕晕乎乎的,但我还是看到了遍地的果皮、瓜子壳、烟盒和星星点点的呕吐物的残迹,可以想象这里有过一场散去不久的狂欢。酒的气味盖过了其他气味,因此我毫不犹豫地坐下了。一个一直坐在屋角唱歌的女人向我们暧昧地笑笑,端来了两杯酒和一盆卤花生,然后又坐回去,低声慢气地唱,她唱的还是五百年前和五百年后的事。我不知道这支歌为什么会这么流行,这一天里我是第二次听到了:五百年前的天空碧蓝如洗,五百年前的我遇见了你……五百年来我们寻寻觅觅……见鬼去吧,这寻死觅活的爱情!

我和她开头说了些什么话呢,我现在越想越想不起来了。在一个陌生的地方下车和一个陌生的女孩一道喝酒,我敢说长这么大了我还是头一回。这样也不赖啊,莫使金樽空对月,我十分滑稽地在这时想起一句唐人的诗,我中了那么多古人的毒,是该用酒精来洗洗脑了,说实话我是心甘情愿不想走了,让那个约会见鬼去吧!请问小姐芳名,或者是小姐我该怎么称呼你,我怎么说的我真的记不起来了,反正我知道了她的名字。她说她叫小米。

小米?我一听见她说就笑了起来,太像了,我说,实在太像了。

像什么?

我是说你笑的时候,两排牙齿露出来真的像糯米一样整齐、光洁。

这不好。小米一脸严肃地告诉我,笑的时候露出牙床来不雅观,红红的,像兔子嘴唇一样。

那你笑给我看看。

你要我笑,那我真的笑了,你看,是不是看见牙床了?有人给我写情书,你猜他怎么说我?你不笑该有多好。我操,我要笑,我就要笑……

我想那时候我们都已喝了不少酒。我这人酒喝多了舌头就像短了一截,话说不连贯,小米喝多了酒吐脏话就像吐话梅核一样轻松。她向我要烟,我给了她,又把火移过去,她两边的腮帮都快贴在一起了也吸不着。我说你拉倒吧,女人吸什么烟,女特务交际花的一个!小米说,如今这个时代带烟草味的女人才叫够味。一个女人竟敢与一个萍水相逢的男人讨论什么样的女人才够味,不是这世界疯了,就是我们都喝醉了。

我摇摇晃晃走到门口,灯光从我脚下向外爬去,与淡淡的月光打成一片,我看见了这个镇子上空亮闪闪的高压电线和阴森耸立的烟囱。该结束这一切了,小酒店里的调情聊作旅途中的调味品不错,但游戏终归有个尽头。这就是规则。我对着唱歌女人的背影说,麻烦你告诉我隐地在什么地方。

隐地?她转过身来看着我,她的眼光让我感到害怕。她说,你是怎么知道这个地方的?

这么说真的有这地方?

我看你有病是吧?唱歌的女人用一种缓慢的略带沙哑的声音说道,你知道有隐地这个地方,却不知道怎么走,我知道怎么走,你却又怀疑我是不是知道有这个地方,你到底是什么意思?

没什么意思。我说,我只想请你告诉我怎么去。

唱歌的女人叹了一口气。有好多像你一样的年轻人都来问这个地方,你找不到的,要是真有的话,它也只存在你的心里。

我不知道自己是怎样躺上那张桃木大床的。白天的经历

(包括在小酒店中的),已演化为一大堆杂乱无章的故事碎片,我想起唱歌的女人的叹息,疑心自己走进了一个充满恐怖色彩的梦境。一个好莱坞式的电影,讲的是杀人的故事,一个摄影师,梦见他一大群女友中的哪个死了,第二天她果真死了,摄影师梦得大汗淋漓,梦得草木皆兵……谜底揭开了,是摄影师梦中杀人。幸好我生活在一个和平年代,汽车里不会有炸弹小酒店里没有刀客我的床边没有美女蛇……桃木大床的气味让我想到春天,一大群的蝴蝶飞来飞去,它们的触角碰着娇柔的花蕊。河水哗哗流淌着。鱼逆着水流到上游去交尾……我感到体内有一股很急的水流在冲撞,快要冲开阀门了,我知道一双手在越来越快地抚慰我,唤醒我。我睁开眼,看见小米浅浅一笑,没有灯光的房间,她小母兽一样的牙齿在月光下有着白银般的质地。她说我是喝傻了喝醉了,她好不容易才把我弄上来的。

她腾出一只手,飞快地拉开了上衣的拉链。我突地感到了一股温暖气流的袭击,我明白了,让我想到春天的蝴蝶让我梦醒不分的不仅是那张桃木床的气味,还有小米身体的气味。我听到月光发出蜂鸣一般的嗡嗡声,小米的衣襟像花苞无声绽放,露出里面剧烈起伏着的白色。我感到十年前的一声叹息中离开了我的那只鸟又回到了我的身上。没有催促,没有暗示,我像一个此中老手熟练地进入了她的身体并勇往直前。我一会儿抓紧马鬃驰骋千里意气风发,一会儿又被狠狠地甩到下面饱受温柔的蹄击。我们的厮杀使房间里充斥着一股浓浓的石灰溶化的气味。巨大的铺展着的白色中,一个个气泡像呓语一样在空气中爆裂。看不见小米的脸,巨大的白色把我吞噬了、消化了。我一夜就走过了十年。我想我是长大了,因为我的眼里再也放不下一张脸。眼是一个容器,盛着的是月光下女人的身体,像一张绷紧的弓,又像一把造型优美的银色梳子。那上面像火星上一样,有峻岭,也有深渊。但我还没老到只对一个女人的一双手感兴趣。

我想那帮混蛋朋友说对了,我这人很没有意志。我老是站在大街中央费劲去想自己出来是干什么的,这无所事事的思想便成了我几乎每日都有的功课。我是彻底沉湎了,沉湎在旅途中温柔的梦乡中。那一夜,我睡得很踏实。积蓄了十年的汹涌的潮水退去了,我的身体空空的,像一条翻白的鱼。我舒服地躺在宽大的河滩上晒着暖融融的太阳,树梢顶,阳光打着尖利的呼哨,悄悄地伸下手来,浅草俯下身子,轻轻撩拨着我,让我全身舒泰禁不住想打一个长长的呵欠。从今夜起,我与常人没有两样了,我的眼睛里将会准确地射出两粒子弹,轻易命中我的欲望之物,我的胃口不仅对植物的纤维感兴趣,也对动物的尸体感兴趣。要紧的是我有了足够的力气,去追逐我想要的东西。

天快亮的时候,我做了一个稀奇古怪的梦。我梦见一个只有一只眼睛的孩子用右手在窗玻璃上捻死了一只美丽的蝴蝶,蝶翅像几瓣花瓣飘忽着落地。窗子的另一面,淌着明澈的雨滴,雨水顺着玻璃流着,有的重合,有的曲折相交,但雨水总也冲不走蝴蝶的残骸。独眼孩子看着自己的恶作剧,看着曾经那么美丽的蝴蝶成了一个明晃晃的污点,开心地笑了。玻璃窗上这幅令人难以理解的画面就像一个隐含着凶兆的生存之谜,恍惚中,我还听见了一阵惊心动魄的电话铃声……

是小米接的电话。她抱着我们刚满一周岁的儿子走进卧室,哗地拉开了落地窗帘。阳光哗地涌进来,我望见了窗外我们城市高耸的电视发射塔和舜水南路集贸市场上拥挤的人群,我的眼泪一下就流了出来。小米大声嚷嚷着,太阳八丈高了还赖在被筒里不动窝,你那帮狐朋狗友又来叫你了!她从衣橱里为我找出一件军绿薄呢披风,嘀咕着,你是一个不顾家的男人,跟了你算我倒霉。

我的儿子在她的臂弯里向我伸出手,手心里,攥着我的那把小号的裁纸刀。

夏天的沮丧

"今晚干什么?"一群人里有我,另外两个是沈飞和郭平。吃过晚饭,他们就在我家窗下吹口哨。我扒了最后一口饭,飞快地下楼。我们几个手插在裤兜里,没头苍蝇一般在街头瞎逛一气。我们朝骑自行车的女人的背影尖叫,站在大桥上比赛滋尿。我们还把一只不知哪家的狗赶得拉稀,在我们的哈哈大笑中,那只狗发出了类似婴儿哭叫的声音。今晚干什么?谁也说不上来今晚可以干点什么,这真是一个令人沮丧的夏天。

考虑到这个夏天的特殊性,我想在这里多费一点笔墨,为了方便你阅读,简单点说吧,那个夏天我心情沮丧,那个夏天我度日如年。因为没考上大学,我像一只蜗牛一样窝在家里过了一段梦醒不分的日子,时间一长,父亲就有意见了,这个建筑公司的老木匠最有意见的就是我那么大的睡劲和吃劲,他说一个人懒得除了睡就是吃,跟一只猪有什么两样呢?还是母亲通情理,知道是我心情太糟的缘故,但她那种像对待精神病人一样的刻意的小心更让人受不了。我讨厌他们。我手里没钱却幻想到很远的地方去生活。我喜欢童安格和草蜢的歌。我以为前面的生活里有很大的奇迹在等着我。这就是十八岁那年夏天的我。

后来,那个晚上是在沈飞的女朋友小红家里过的。沈飞考不上毫不奇怪,因为二年级的时候他就泡上了校外的姑娘小红。这一点不佩服他不行,小红是我们街上公认的美人,比我们还要大三岁,但她很听沈飞的,沈飞曾向我们吹嘘他说朝东小红不敢朝西走一步。沈飞的爸爸是房管局的一个科长,还没等毕业就为他找好了工作,我们一致认为他是一个比较有福气的人。那天晚上在一起的还有一个叫王海翎的女孩子。王海翎是小红的同学,是一个乡电管站的电管员。她脸盘子小小的,一张嘴却大得有点不相称,她的鼻子又高又巧很可称道,眼角像一个香港明星,好看地吊着,胸脯也凸得比较厉害,总的来说还是一个比较有味道的女孩子。小红的父母参加单位组织的疗养都去了外地,小红别出心裁地把她家的客厅搞成了舞厅。一进去就是暗不溜秋的,只有墙角的四盏蓝莹莹的灯好像鬼火一样照得我们的脸发蓝。跳舞开始了,沈飞一直霸道地占着小红,这样王海翎不管和谁跳,剩下的一个就只好做看客了。王海翎依次和我们跳,轮到我时是一支慢三。我只在学校里学过交谊舞,慢三快四的都不会。我摇摇晃晃的,王海翎很有耐心地带着我,转圈时也比较主动,这样我一会儿就找到了感觉。跳了两轮我们就坐下来抽烟,谁也不好意思主动去邀王海翎,王海翎也坐下来看沈飞和小红一对跳。刚坐下,郭平就抱着小红家门口的一个大衣架走到了中间,我们不知道他要干什么,他已经抱着大衣架一步三扭地跳了起来,还真像那么回事,他的屁股像装了弹簧一样一会儿扭到那边一会儿又鼓到另一边。沈飞像一个行家一样说,这是弹簧步。他抱着一把折叠椅也蹦到中央和郭平对跳起来。我们一致认为郭平跳得好一点,比较有感情,把一个木乃伊一样笨的大衣架弄得像真人一样,蛮像回事的。我们跺脚,拍手,大笑,正疯着的时候,住在小红家楼下的一个穿着大裤衩的老头上来敲门了,他说你们不看看几点了,还群魔乱舞!我们相互吐吐舌头,只好结束了舞会。

舞会结束后,沈飞、郭平和小红玩起了飞行棋,我和王海翎观了一会儿战,坐在沙发上没事可干有点无聊。小红给我们找出了一副扑克牌。我问她是不是会玩,王海翎说,难的不会,只有打关牌。于是我们打关牌,输一局就要打手掌心。我的牌很臭,想不到她还要臭,这样就老是我打她。后来我就让自己输了几局,看得出她赢了我是真心实意地高兴,把我的手打得啪啪响。郭平一次次眼睛往我们这儿扫,他可能在后悔走飞行棋了。后来我提议换换花样,老是打手心太费时了,刮一下鼻子抵十下打手心,她笑着同意了。看着她小巧的可以说有点漂亮的鼻子,我还真有点下不去手呢,每一下都用小手指头轻轻地拂一下。她嚷嚷着要报仇,我就故技重演放了她几把,没想到轮到她刮我鼻子时却是狠狠的一下,五个手指像压土机一样碾过我的鼻子,我鼻子一酸眼睛也接着发酸,我说你还来真的啊。她说你刮我十几下,我刮还你一下就喊痛了?你的鼻子是豆腐渣做的?

后半夜,沈飞和小红进了隔壁的小房间。王海翎也说困了,进了小红父母的大房间。客厅一下子只剩下我们两人,变得索然无味起来。我想赶回家去,又怕叫门时看父母的脸色,郭平也没有回去的意思。中间郭平上了一趟卫生间,他前脚刚走进卫生间关上门,我就轻手轻脚跟过去把卫生间的门从外面反扣上了。郭平拉不开门就低低地咒骂起来,他说,妈的你想臭死我啊。他在里面敲了几下门,敲重了又不敢,我捂着嘴吃吃地笑。郭平的咒骂后来变成了低声下气的哀求,说看在兄弟一场的分上快放他出来。我怕玩笑开得太过就去开了门,郭平出来后我们拉开长沙发打算睡了。可是我们都睡不着。后半夜了,天还是有点闷,虽然屋子里没蚊子,可我们全身连骨头缝里都痒痒的。客厅里挂钟的嘀嗒声这时突然变得响了。我们看着墙上影影绰绰的挂钟,那两点一亮一亮的是一只猫头鹰的眼睛。外面马路上汽车驶过的车灯让一些家具的影子在黑暗里飞快地移动。就这样睡死过去我们真有点不甘心,这样的夜晚应该是发生点什么的呀。我们坐起来吸烟,烟头像信号灯一样一亮一暗。郭平说我跟王海翎玩拍手游戏时像个幼儿园的,你怎么只敢摸她的手呢,我看她巴不得你把她做了呢,看她一身的肉,弄起来一定骚劲十足。给他这么一说,我想自己也真是太老实了,一整个晚上老在摆弄她的手她的鼻子也太没劲了。郭平说这时候最幸福的还是沈飞这小子,我们在这儿空谈误国,他已经实打实地干上了。郭平起来轻手轻脚走到小房间门口,耳朵贴在门上好一会儿。他走回来认真地说,他听到了床摇晃的吱呀吱呀的声音,他敢肯定沈飞这时候已经入港了。我说,沈飞人精瘦精瘦的,怕没那么大劲吧,这时候他恐怕早就睡得跟死猪一样了。就在我们讨论沈飞和小红这时在干什么的当儿,我走神了,我想象着王海翎躺在隔壁床上的模样一定是非常之动人,可以用睡美人来形容，我甚至希望自己这时候能有一双 X 光一样可以透视的眼睛，这样我的眼光就可以穿透墙壁，让王海翎沉睡的模样彻底暴露，我的眼睛还可以像一双手一样抚摸她起伏的身体。我让自己的想象弄得嘴里有点发干。

我们一起走到小房间的门口，想听听里面到底在发生些什么。门突然开了，小红好像早有预谋似的出现在门口。我们两个像被捉住的小偷，嘿嘿地笑。沈飞像个鬼魂一样也从里面游了出来。看他脚发软的样子我们又吃惊又嫉妒，骂他是重色轻友的小人，让我们在客厅晾着，自己一个人快活。沈飞说，你们想让我怎么样才满意呢？郭平说，老实交代，弄了几回？沈飞叹了口气，你们怎么这么下流啊。我说，是啊，我们下流你风流。沈飞说，我说你们不能把人想得高尚一点？郭平冷笑，高尚高尚，是不是上去了后再搞啊？沈飞不好意思地笑笑，这让我们愈发相信他和小红是真的搞了。这时候没了烟，郭平下楼去买了，沈飞对我说，我重色轻友吗？真要这样兄弟还会带你们来吗？我说，你别放在心上，我们不过是玩笑话。沈飞说，我也知道你们是开玩笑，可我这里怎么就痛了呢。黑暗中我看清了他在指自己的心窝。我很惊奇，你说你心痛？小红就差粘在你身上了你他妈还心痛？沈飞这天夜里是第二次叹气了，他说，你不懂的，给你说了你也不懂的。他掉头就在沙发上摆出一副要睡的模样,我也就不说什么了。

刚迷迷瞪瞪地合眼,门开了,王海翎蹑手蹑脚地走了出来,我敢肯定她是想上卫生间去。卫生间在客厅背后,这样她就必定要走过我们沙发前面。她走了过去,我装作睡着了,耳朵里却是卫生间里下雨一样淅淅沥沥的声音。王海翎往回走的时候我故意把一只脚伸了出来,她一不留神趔趄了一下,闷哼一声倒在我身上。我本来只是想逗她一下,没想到她整个人都会扑倒在我身上。她嘴里和衣服领子里散发出的热烘烘的气息让我脑袋里嗡的一下。她扶着沙发站起来,我也帮着推她的身子。我不知道说什么好。想不到她要走了又伸出一根手指点了一下我的脑门,轻声说,你呀。老实说,这"你呀"轻轻两个字比她刚才整个身子压下来对我的撞击更大。你呀,你呀。我喃喃着这两个字,用各种各样的语气,责怪的、调皮的、生气的、埋怨的和吐气若兰式的,但我就是学不来她说出这两个字时的那股子语气。这时,楼外比墨还要黑的黑暗中响起了唱歌声,像野兽在嚎叫,嚎着我是一匹来自北方的狼,我知道,那是郭平买烟回来了。但我现在不想抽什么烟了,我只想美美地睡上一觉。我知道今天晚上不会发生什么了。

后来有一个晚上,郭平来找我。那天下着大雨,我听到嘈杂的雨声中有人在屋外喊我。我推开窗看到郭平站在雨里,他没打伞,全身都湿透了,上来了一会儿,他的脚下就滴滴答答的一大摊水迹。我说你这是干吗,是不是让人给扔下河了?郭平嘿嘿地笑着,掩饰不住的兴奋,头发、眼睛里好像还在腾腾地往外冒着热气,他滑了一个漂亮的舞步说,累死了,跳了半夜的舞脚都发酸了。我问他在哪里和谁跳的舞,郭平说,舞厅里呀,我刚刚搭上歌舞团报幕的一个女的,你不知道她的身材有多好,我现在知道什么叫天使面孔魔鬼身材了。他说要在我这里挤一宿,明天早上再回去。虽然我不习惯,但一想他寄住的学校在城外,再说雨太大也不好意思赶他走,就让他住下了。熄了灯,郭平还是很兴奋,他说现在知道为什么有那么多人喜欢跑舞厅了,因为在舞厅里你可以邀请任何一个不认识的女人。搂她们的腰,捏她们的手,没有一个人会因为你这样做了说你耍流氓,当然这样做的前提是你首先要有一身过硬的舞技,他说现在对他来说第一重要的就是要练好舞,成为一个舞林高手。我迷迷糊糊的,唔唔应答着,郭平还是一个劲地说呀,说。

后半夜,我看见床前有一个影子在一蹦一蹦地跳,跳一会儿又退回去重复接着跳,像一个摇摆的木偶似的。我开了灯,郭平不好意思地向我笑笑,他说刚学的舞步忘了怎么跳了,他现在要趁热打铁练起来。

我发现刚走出校门没几天,郭平已经很像个社会青年了。过去的社会青年是拎着喇叭骑车骑得飞快的那种,现在我们印象中的社会青年就是经常逛舞厅嘴里哼着齐秦的《我是一匹来自北方的狼》的那种。郭平现在好像吸毒的人一样有了瘾,一天不去跳就骨头发痒。读书的时候郭平不是这样的,我们印象中他还是比较害羞的,不太爱讲话,更不用说在大庭广众之下出头露面了,他那时候坐在教室角落就像一个影子,飘进来又飘出去,谁也不会注意到他。想想吧,就这么一个人,现在可以整夜和一个不认识的女人一起跳舞,这简直让人难以相信。郭平现在经常在我们面前炫耀他的舞技。这是吉特巴这是伦巴这是拉丁舞这是国标,他边摇摆边说。我们不得不承认他的舞技是越来越高了。有一次郭平拿来了一大袋滑石粉全都倒在我房间地上,我正奇怪着他又有什么新花样了,他摸出一根红带系在头上,戴上一副镂空的黑皮手套,一手撑地整个身子就腾空转了起来。接着,他头一伸一伸的,手臂像没有骨头的蛇一样不可思议地扭动起来。看样子他好像在推一扇我们看不见的窗子,又好像在拉什么重东西,他一摇一晃地走,整个人简直要飘起来,就像纪录片里苏联宇航员在太空行走一般。我正奇怪着郭平是什么时候学会了这一手,他得意地说,没见识过吧,这是霹雳舞,我问他哪儿学来这一手,他说是和他好上的报幕员教他的。

郭平后来把舞会开到了他寄住的那个城郊小学里。他当校长的二姨暑期旅行去了,晚上就由他照看学校。他向我们吹嘘,地方很空敞,上百个人跳绝没有问题。他还说,一到晚上,成群结队的女孩子都涌到他那儿去让他教跳舞,香风阵阵,莺歌燕舞,忙得他都应付不过来。他说得我们都蠢蠢欲动起来。有一天傍晚我和沈飞就去了他那儿。那所小学是一个破庙改建的,大礼堂阴森森的,我们到时郭平正在忙里忙外张罗布置,礼堂的正中挂着一个纸扎的红灯笼,四面墙上各挂着一个灯泡,依着墙根放着一排长凳子。我说,这哪里是开舞会嘛,生产队里开社员大会还差不多。郭平说现在天还没暗,等天暗下来效果就出来了。天说暗就暗了下来,礼堂里果然冒出了很多人,有男的,也有女的,他们好像都很熟悉,说说闹闹的,而且几个女孩子长得确实还说得过去。郭平指着我和沈飞向他们介绍,说是和他一起练的两个高手,今天也过来练练。屋角一只破兮兮的录音机放起了音乐,有点震耳欲聋的,他们便一对一对地在礼堂的中央沙沙地移起了脚步。郭平没有骗我们,随着灯泡在音乐声中一闪一闪,还真有了点舞会的味道。郭平走过来说,兄弟们多担待一点,今天人太多照顾不过来了,你们随便玩。我们说,好的好的,你自顾忙吧。郭平一转身就像一条鱼一样游进了人群。他一曲跳完了,我们还坐着没动,他说,你们是大姑娘坐花轿怎么的,还端着架子,倒要让人家来请了?说着他推着两个女孩子走了过来。两个女孩吃吃地笑着,一个胖,一个瘦,看起来脸都很白,于是我们站了起来。这时正好在放一支节奏有点快的曲子,沈飞和瘦的一个下去了,我犹豫了一下还是坐下了,这倒弄得那个胖女孩不好意思起来,走也不是,不走也不是。郭平搂着一个姑娘正好移到了我们这,他捅了我一下,于是我也搂着胖女孩动开了。我磕磕碰碰的,老踩她的脚,她扑哧笑了,说,他还说你是高手呢。我老老实实承认自己从来没有进过舞厅,今天是头一遭。她的腰在我手掌里一扭一扭的,带着我进一步退两步转圈子。她让我踩音乐的点子,可我还是找不到音乐的点子在哪儿。她安慰我说多练练就熟了,还说我跳得不错,比刚开始好多了。一亮一暗的灯光在她的脸上跳跃着,她化妆很浓的脸看起来有点儿娇艳。她嘴里的热气喷到我脸上,我有点晕头转向。一不小心,我们和郭平那一对撞在了一起,现在和郭平一起跳的是刚才他推到我们面前的那个瘦女孩,郭平向我挤挤眼,一会儿就游到人群里不见了。舞会的高潮是把灯全部都熄了,郭平在四面的墙上各粘了一根蜡烛,烛光像一片红颜色的水波把我们全都罩在了里面,我们就像一条条鱼在礼堂里欢快地游动。这时我和那个胖女孩已经跳到这个晚上的第七支舞曲了,我的手已经习惯了她胖鼓鼓的腰,习惯了她有点短的腿像羚羊一般轻快地移动。

我们之间的距离已经不像刚开始时那样中间还塞得进一个人,她的胸脯已经好几次撞在我的身上了。我看周围,周围没有一点儿说话的声音,每个人都那么地专注,我们的脚和水泥地面摩擦发出的沙沙声就像在下雨。音乐有点儿伤感,我真的感觉我是搂着一个姑娘走在下雨的小巷里。突然不知谁恶作剧,不打一声招呼就开亮了中间的大灯。礼堂露出了它阴暗、丑陋的真实面目,音乐还在流动,脚步还在机械地移动,但气氛已经完全改变了,每个人脸上的神情都是有点尴尬的。我再低头看我怀里的姑娘,天哪,她原来是一个满脸雀斑的丫头。我感到说不出的沮丧。

舞会散后,郭平留我们喝酒。他住一间单人宿舍,七八平方米的样子,除了屋角一张床一张桌子再也放不下什么了,但这已经够让我们羡慕的了。我们就着花生米、鱼干,一会儿就把他床底下的三瓶啤酒喝掉了,我们不好意思再喝了,郭平却说,酒不够可以去买,既然喝了就一定要喝个尽兴。我们再推托,他有点儿火了,从什么地方抽出一本存折来,晃了晃说,怕兄弟没钱是不是?老实说我钱是不多了,但这儿有三五千的。既然这样了我们就不好意思再说,中间我们每个人至少上了两趟厕所,我们脚边的空瓶子越来越多。我们一杯接一杯地碰,每个人的舌头都有点大了,说什么话都是兄弟兄弟的。该说的好像都说得差不多了,可是我们总能找到干杯的理由,现在谁说一点点事情,不管有趣不有趣的都能让我们开怀大笑,举杯共贺。我知道后来他们说的,包括我自己的,都是在不断地重复来重复去,但这一点也没有让我感到乏味,我们沉浸在友情欢乐的气氛中,频频举杯,刚才看清那个麻脸丫头后的不快早已烟消云散。喝到后半晌郭平说有一样东西要让兄弟们开开眼界,他摸出了一个充灌式的打火机在我们面前晃,沈飞手快,一把就抢过来,藏进袋里。郭平扑过去抢,两人扭成了一团。沈飞说,还舍不得呢,该不是定情信物吧。郭平说,就是,还真给你说中了。说到郭平老挂在嘴边的报幕员,我们都来了劲,问他们到底发展到哪一步了,是不是上了床,非让他老实交代不可。我们看晕乎乎的郭平其实是很想说的,但他好像还有什么顾忌,把话都咽下了。郭平说,哪一步?我说我什么都干了你们相信吗?他的脸上涨满了愚蠢的幸福,看起来像一个被宠坏了的傻孩子。真他妈过瘾啊,原来女人就是这么一回事啊。沈飞说,既然这样打火机我就不要了,你一定要保管好,这是你他妈的失去了的童贞的纪念。

自从在小红家的那个晚上后,我和王海翎就没再见过面,我去过一两次电话,她都推说忙,但又没有明显拒绝的意思。有一天我在大街上碰到小红,小红说,王海翎怪想你的呢,你怎么不去找她?我想我不能守株待兔,我要主动进攻。有一天午睡我梦见自己写了一首爱情诗,我刚睁开眼睛的时候还记得诗里的两句,就随手潦草地记在了一张纸上。记下后我不知忙什么去就忘了。到晚上我又看到了这张纸片,那上面的句子我十分陌生,怎么猜也猜不透里面是什么意思。这两句诗一句是"我希望有什么充满我的身体带我一起颠动",还有一句更加莫名其妙,"当你来追我时你要当心蓝印章和旁边的小花",前面一句还好说,我可以把它理解成王海翎在梦中向我发出的呼唤,后面一句,好像有一点警告的意思,又说不清是在警告什么,蓝印章,小花,好像是暗号或者密码,但我又破解不了。我想解不开就不要硬解了,就去找她吧。我现在强烈地希望自己能够成为一个诗人,我知道的诗人他们的灵感都是来自于女人,徐志摩是这样,写《雨巷》的戴望舒是这样,现在很红的第×代诗人们听说也是这样,我希望王海翎能够帮助我成为一个出色的诗人。我骑着一辆破旧的自行车摇摇晃晃出了城,正是下午三点钟光景,太阳光很毒,晒得我头皮发麻,一出来就发觉自己应该戴一顶帽子的,但爱情在我心中,我是没有理由再回去取帽子的,我只有在夏天尘土飞扬的大路上勇往直前。旁边是一条河,河水不紧不慢地流着,流在我们城里时是浑黄的,出了城却蓝蓝的像一块干干净净的布,看着这流动的蓝,我心里也感到了一丝阴凉。我记得王海翎说过,她工作的那个乡叫白浪浦,只管沿着河向东就能到。

王海翎看到我突然出现大大吃了一惊。我走进电管站大门她正好从楼上下来,看样子刚好下班。她哎了一声,想喊我的名字又好像想不起来了。领我到她办公室里,办公室已经没人了。她给我倒了一大杯水,我一口气就喝干了。我喝水的时候她就坐在桌前靠着玻璃台板用一支圆珠笔划拉着什么,我走到她身后,她翻来覆去抄写着的就是信笺纸顶头那几个字。我看了一会儿就抓住她的手,她轻轻挣了一下,就红着脸任我捏着不动了。她说,你真傻,你真傻,你真是太傻了。办公室里一下子变得很静,静得我可以听见自己的心跳。对着她桌子的一个门,进去好像是一个值班室的,我看到里面有一张小床。说真的,我不知道接下来自己该干什么。

来的路上我已经想好了有许多话要对她说,可一下子和她隔那么近,我觉得那些话都哽在喉咙口说不出来了。我还想跟她说那个梦和梦里写的诗,又怕她笑话。不知不觉地,我的手已经移到了她的乳房上,这是我第一次按着女性的乳房吧,可我一点也没有感到好奇或者激动,好像乳房就应该这样的,柔软、饱满。我想伸到里面去,可是我的手腕被她紧紧抓住了。天暗了下来,屋子里没有开灯,夏天田野上的植物令人眩晕的气息灌满了整个屋子。说出来不怕笑话,那天离开白浪浦的时候我伤心透了,我骑着车像一个疯子迎风啊啊大喊着,后来就流泪了。话说那时,我的手已成功地撩开她的衬衣在她的肚皮和胸脯上摸索,突然楼道口响起了一个男人低低的咳嗽声。王海翎慌忙推开我,坐正身子开亮灯。那个中年男人也是电管站的,是来值夜班的。王海翎说,哟,是李叔啊,我不知道今天你值夜班。那人看了我一眼,哼了一下就背着手下去了。我们正要走的时候,一个老太婆抱着一个小女孩突然噔噔地跑来了,女孩哇哇地哭着,一看到王海翎就不哭了,伸开双臂扑了过去。王海翎抱着女孩,哦哦地哄着,那小女孩拼命地拱她的胸脯,老太婆说,她饿了,海翎你快喂她几口吧。王海翎就抱着她到隔壁的值班室去了。虽然我一看到老太婆抱着小女孩上来就隐隐约约感到点什么,但事实一下子摆在我面前我心里还是突然咯噔了一下。有一会儿我傻掉了,不知道自己是在哪里,到我醒悟过来,我飞快地跑到院子里,推起车子就跑。我拼命地蹬着车,田野上庄稼黑乎乎的影子在我眼前飞过,我在想这是怎么回事呀,王海翎什么时候有了这个女儿的,再想想,王海翎也没说她没有女儿呀,我对她又了解多少呢,她刚一开始不是连我的名字都说不上来吗,我这不是自找的吗?可是我没有办法不去恨这个女人,我总觉得她欺骗了我,看看吧,这就是我为这个虚伪的女人写的他妈的诗:无边的风景来自对一个女人的热爱,青春站在她的笑窝里,打开漂亮的绸缎,皮肤在牛奶的气息里……看看吧,我这不是发疯是什么。我现在最怕的还是沈飞和郭平他们笑话我,要是让他们知道我今天晚上的遭遇,他们准会笑掉下巴的。快到了,天空突然下起了雨,要命的是破车也跟我过不去,在一个下坡的时候落链了,我弄了好半天也挂不上。我满手油污,推着破车一步一步地往回走,我的脸上不知是雨水还是屈辱的泪水。这个夏天像一条又黑又臭的河,我在里面游啊游,我差点没力气了,眼前还没有一点光亮,我都快憋不过气来了。每天都是火辣辣的毒太阳,每天都是知了在我们街区的那株泡桐树上没命地嘶鸣,每天都是父亲板得像一块石头的老面孔和母亲让人头皮发麻的叹气声,这日子能不让人发疯吗?我真想离开这个鬼地方去外面的世界看看。我没下定决心出走只是舍不得我那帮朋友,虽然最好的朋友也是要分离的,但起码现在我还不想和他们分开。

沈飞现在成了个哲学爱好者,去他那儿,他的头总是埋在桌上一大堆厚得吓人的书里,尼采康德叔本华,苏格拉底柏拉图,他说起这些外国佬的名字透着一股子亲切,就好像他们是他的叔叔或者远在欧洲的大舅子,沈飞说全部哲学的问题就是研究怎么去死的问题,对这个问题有各种各样的看法于是形成了各种各样的哲学流派。但他后来又说,这个问题其实是不存在的,当我们在时,死不在,当我们不在了,死也就根本不存在。听着他绕来绕去的满口胡言,我们觉得跟一个疯子也差不了多少了。

在沈飞成为一个哲学爱好者之前,我们还是捉弄过他一回的。我们冒充一个女孩子的口气给他写了封情书,情书里我们用一个小女孩崇拜得不得了的口吻把沈飞大大美化吹捧了一通,那几天我们看到沈飞屁颠颠的样子都暗暗发笑。第二封信里我们约沈飞某日晚上七点在大桥往东第四根电杆下见面,"不见不散"。那天傍晚,我们躲在大桥边上供销联社仓库楼上,看着沈飞在下面走来走去焦躁不安的样子笑痛了肚皮。后来我们看再不出来的话沈飞不知要傻等到什么时候,就从黑暗中跳了出来。我们嬉皮笑脸的样子一下让沈飞明白小女孩再也不会出现了,那次恶作剧有点过了,沈飞好几天没有理我们。我们喜欢看人出丑、出洋相,我们那些大大小小的快乐总是建立在对方无伤大雅的小痛小苦上,我,郭平,沈飞,从我们凑成一伙起每一个几乎都被取笑过了。我们就像传说中的那种豪猪,一边因为寂寞挤在一起,一边呢,又刺来刺去,这就是我们习惯了的相处的方式。

我被他们取笑,起因于有一天晚上我们在玉皇山顶唱歌。玉皇山是我们城东一座比较有名气的小山,东汉的时候据说这里有一个高人隐居,山顶建有一个以那个高人的名字命名的亭子,山上树木茂密,那时候谈恋爱的没地方可去,大多都借着夜色的掩护钻过玉皇山的黑树林。那天晚上月亮很圆,估计是农历十五十六的样子,我们在无边的月色中豪情大发,放开嗓子一支接一支地引吭高歌。到半夜将近十二点的时候,月亮在山顶大放光明,山上再也没有其他人了,我们在沈飞的带领下开始高歌《满江红》,夜风把歌声吹向下面沉睡着的街道。这时候突然上来一伙人来赶我们了,他们拿着灯光刺眼的手电筒四处乱晃,大声吆喝。沈飞小声说,走吧,别惹他们,这伙人是联防队的。本来我们已经下来了,我嘀咕了一句,青天白日,难道唱歌也犯法?就是这一句话给我招来了灾难,那一伙中的一个小个子扑过来,打了我一个耳光。我被打蒙了,不管三七二十一地反扑上去,他们围起来,撕我头发,用脚踢我,我像个皮球一样被他们推来推去。后来沈飞和郭平讨饶,他们才放开我悻悻地离去。以后我那晚上说过的那句话就老是被他们拿来寻我开心,青天白日的,唱唱歌也犯法么,他们说着就哈哈大笑起来。但我对他们两人在那天晚上表现出来的懦弱是很有气的,我被那帮人围着打的时候,这两个胆小鬼光是一个劲地在旁边说好话顶个屁用,他们应该也拔出拳头加入进来呀,他们太让我失望了。

那时候,我已经和笑蓉好上一段时间了。要忘记一个女人最好的还是女人,这么说虽然很对不住笑蓉,但她确实让我从王海翎带给我的灰暗心情中走了出来,而且她还让我渐渐地和一帮狐朋狗友(她就是这么说他们的)疏远了。这群人里不知为什么她最不喜欢沈飞,她形容沈飞用了两个成语:言过其实,志大才疏,这眼光还是有点毒的。沈飞确实是一个有着远大抱负的青年,兴趣广泛,前面我们说到他是一个哲学爱好者,另外他还是一个朗诵爱好者,一个蹩脚的美声唱法歌手,并且有段时间和我一样是一个文学爱好者,但他这个人唯一的缺点就是干什么都没有长性,我们说他在一件事上(包括在女人上面)都只能保持三分钟的热度。这对有着远大抱负的沈飞来说无疑是很致命的。现在笑蓉一针见血地指了出来,我除了为沈飞感到悲哀,更感到她是一个不平凡的女孩。

说起来不信,我和笑蓉第一次去看电影还是和沈飞一起去的。那是一个国产破案片,叫什么记不起来了,很无聊,更无聊的是电影中有一句台词,公安局长做罪犯家属的思想工作,说,我代表党相信你请你也相信我们。我们去电影院看这么无聊的电影是因为实在没什么地方好去,沈飞夹在我们中间当电灯泡也因为他间歇性的无聊发作了。电影散场我们沿着黑暗的小弄堂往回走,笑蓉夹在我们中间。后来就我们两个人走了,我一边走,一边抚摸着她的头发。她没有反对,也没有进一步的暗示。我就一直摸她头发。

后来笑蓉告诉我,那天晚上我抚摸她头发的时候,她憋不住全身发抖。她说她早就向往着会有那么一天,她能够静静地躺在一个男人的怀里。她这样说的时候，我们正躺在我那张床上。正是早上八点钟光景，家里没有一个人，他们全都出去了，我们就是弄出再大的响动也不会有人听见。但我们有那么多的话要说，几乎什么也没干。后来在她的暗示下，我爬了上去，我感到了她在下面热烈地迎合。我们什么都脱了，她却突然清醒过来了，一把推开我，说，这不行，要到那一天我才给你。我问哪一天，她说你知道的。但我已经停不下来了，我就像一列发狂的火车停不下来了，她用手抚摸我，我感到自己在一点点地膨大，变得像气球一样轻。后来她惊叫一声，抽出了手，对着她手里又湿又滑的一摊，我羞愧难当，但她一点也没有不高兴，她看了看，恍然大悟似的说，原来男人是这样的，她用一根湿毛巾仔细地帮我擦干了。后来有一次笑蓉带了她的妹妹一起来，她妹妹在江苏的一个戏校里学唱戏，暑期没事就跟她姐来了，我第一眼看到她就感到自己被老天捉弄了，她姐和她站在一起简直就是一个丑八怪。小妹给我唱《十八相送》，唱《白蛇传》里的一个有名的唱段《西湖山水》。小妹还只有十四岁，离我是那么地遥远，等到她长大我简直就要老了，我莫名其妙地悲伤起来。

一天下午，我在家里睡午觉，门突然敲响了，我恼火地起来开门，沈飞神采飞扬地走了进来，站在他一边的小红戴着一顶阔边太阳帽。我正奇怪他们为什么拿着个大旅行包,沈飞说,他要和小红去上海玩几天,是专门过来跟我告别的。他们走后我再也睡不着了,就顶着大太阳去体委开办的游泳馆游泳。路上没有一个人,整个城里好像人死光了一样,树叶子都晒得蔫蔫的打不起精神来。我在水里泡了好半天感到精神好一点了。回来的时候天起了凉风,看样子好像要下雨了。我刚到家,正好郭平来找我,他一进门就说坏事了坏事了。我问他什么事这样火急火燎的,他结结巴巴地说他的存折让人偷了。我问他是不是报过案,他说已经去过派出所了,派出所的人说有了消息会通知的。我说,你那儿人杂,小偷对情况这么熟,他肯定是个知道内情的人。我让他回忆一下,有谁看到过那本存折。他费力想了想,说,我脑子里现在是一盆糨糊,除了那天晚上给你和沈飞看过,不知道还有谁。我说,去开户的银行问问,或许会有线索。那晚上郭平临走前在我那儿乱翻了一阵书,找出一本《裸猿》,说晚上睡不着消遣消遣。我看了一下书的扉页有沈飞的名字,就让他看好后务必还我,因为书是我从沈飞那儿借的。郭平揣好书就骑车回去了。

后来我才知道,那天晚上郭平来我这里其实就是来找沈飞的字迹的。他把钱被偷和沈飞带着女友去上海玩两件事一联系起来，就已经怀疑沈飞了。三天后，沈飞和小红从上海回来，他就被派出所的人带走了，他随身带的三千块钱，还剩六百块，警察还在他家里发现了两只来历不明的熊猫牌收录机，据说这两只收录机同前段时间熊猫电子公司的一桩失窃案有关。我对笑蓉说，沈飞太傻了，太不值了。以前总说沈飞坏话的笑蓉却反问我，你敢不敢为心爱的女人去偷东西？你敢不敢为女人做一个小偷？女人的心思里总是在拐着什么弯啊，我真是搞不懂。

沈飞被抓起来的事父亲不知怎么知道的，他幸灾乐祸地说，原来这就是你的好朋友啊，你的朋友怎么都是下三烂。我不理他。他说，看来我不管不行了，你十八岁了，十八岁见官打屁股，我再不管的话你也要烂进去了。我进了自己的房间，顶上门，捂上耳朵，老木匠的话不依不饶地从门缝里钻进来，过两天我们公司去上海搞一个建筑工程，你跟我去打小工，拎泥水桶！

去上海前一天的晚上，听广播里说，明天上午八点在我们母校的操场上开公判大会，在随后的一大串名单里我听到了沈飞的名字，他被判了两年。看在朋友一场的情分上，我想应该去看他的，但我害怕看见他站在台上的模样，更害怕他在人群中看到我。我想这个夏天太没劲了，我们就像在什么黑咕隆咚的地方跳着舞,等灯光亮起才看清和你一起跳的是什么样的丑八怪。后来我真的看见了沈飞,梦中的他光着头,头皮热气腾腾的,像一颗太阳照耀下的土豆,他的两只手被后面的人反拉着架起来,他弓着腰就像一只可怜巴巴的大鸟。再后来,我们三个人,我、沈飞、郭平,是在一个黑暗的舞场里,我们踩着疯狂的音乐节拍,跟着大屏上一群女人摇摇晃晃地扭着身子。

坍　塌

七月的一个早晨,我还躺在床上,一阵电话铃声把我惊醒了。是部主任的声音。我一激灵跳将起来。部主任在电话里说:"你听好了,刚刚得到一个消息,古林镇那边有一起坍塌事故,你马上过去采访。"

我看看窗外,几乎睁不开眼。还不太高的太阳已经在窗玻璃上热得有些晃眼了。我有点犹豫:"现在就去吗?"

"是的,现在就去,我们要抢在别家报纸之前报道这一重大事故,你马上去,越快越好。"

我进这家报社还不到三个月。我是一个见习记者。但我已经为这家报纸的《人间方圆》社会新闻版撰写了不下百条的现场新闻和特写。那都是关于发生在这个城市的车祸、火灾、凶杀、煤气爆炸等等的。有朋友刻薄地说我就像一只不吉利的黑鸟,在这座城里飞来飞去,飞到哪里,哪里就没有安宁。没办法,我是一个见习记者。我知道在这样一个闷热得透不过气来的早晨,部主任给一个见习记者打电话意味着什么。

我一边胡乱地吃点什么,一边翻开一本县区地图册来看。古林是这张地图最下端的一个山区小镇,离城直线距离大概三四十公里。我知道那儿有我们地区最大的一个林场。山区公路都是绕来绕去的,车子到底要开多少时间就不知道了。我估计,如果要赶在报纸发排之前把稿子送回来,中饭之前我必须赶到现场。我飞快地向车站跑去。

热气在街道上蒸腾。热气从行人的背上、脸上往外冒,他们的衣服、头发都是湿的。人人都在栋路边有遮阴的地方走。我跳上一辆已经从车站驶出的开往古林镇的车。车里更是热得像地狱一样。过道里有一只麻袋,里面有什么东西一动一动的。后来它叫出了声来。原来是一只猪。它是坐在发动机盖上的一个中年农民的。我闭上眼,看见自己已经到了事故现场。我是第一个赶到现场的记者。救护车呜呜叫着,车灯一闪一闪。一个个伤员被抬了出来。我排开人群,咔嚓咔嚓拍照……我看过的好莱坞片子里这样的场面太多了。我醒来了还是希这是一宗大事故，这样我此行就会有足够的内容做一个大特写，运气好的话还可以连续报道。我知道有这样的想法很恶毒，也很卑鄙。但谁让我是一个记者呢，记者有时候就是没人性的家伙。

发动机出了故障，驾驶员骂骂咧咧的，钻进车子底下去鼓捣。我焦急地看着他像一只猴子一样爬上爬下。一个多小时后，车子才又摇摇摆摆地动起来。这样，到古林镇已经是下午三点多了。这是一个跟村庄差不多的镇子，只是大了一些。我心急火燎地出了车站，街上有一个邮电所、一个大会堂改建的电影院、几家小饭店。街上很静，静得出了鬼一样。大太阳下只有我的影子吧嗒吧嗒跟在后面。总编在电话里说的坍塌事故就发生在这地方？我心里疑惑起来。

终于遇到了一个人，是一个坐在树底下卖冰棍的老太婆。我费了好大力气，连说带比画，也没让她弄明白我的意思。我泄气了，语言有时候是一件多么没用的东西。我渴坏了。我一边吃冰棍，一边看这个镇子白花花的街道。说是街道，其实只是在黄泥地里铺了一层石板。石板很光滑，光线斜斜地照过来，在上面滴溜溜地转。

我急着想找个人问问。一家卖五金杂品的店里传出了一阵洗牌声,四个人围坐在一起打麻将。我进去问这里最近是不是发生过坍塌事故,他们一个个都充满敌意地打量着我,就好像我在散布谣言似的。什么坍塌?他们中的一个问。我结结巴巴地说,坍塌,就是一种很严重的事故,譬如山坡滑下来,隧洞塌了,屋子塌了,把人压在了里面。屋子里面突然闪出一个女人,看样子是这家店的老板娘。她狠狠地推了我一把,骂,哪里来的王八蛋,咒老娘的屋子塌,看我不扇你!我慌忙掏出记者证,喊,我是记者,我是听人说有这事才来采访的。他们把我的证件横过来倒过去地看,好像相信了我。我退出了店门还听到那女人的骂声,神经病!

后来是一个小孩把我带到了一幢老屋子前。门口的柱子上挂着一块木牌,辨认了好一会儿才看清写的是"古林镇文化站"。这真是一个聪明的孩子,他从我背着的包和照相机知道我要找的是什么样的人。屋子很高,老朽的梁柱上张着蛛网,雕着花草和古代的人物,看样子过去是个祠堂。屋子里很阴冷,从大太阳底下走进去,一时什么也看不清。到眼睛适应了里面的光线,我看见了一个老头。老头很瘦,戴着眼镜,凹陷的脸颊让他看起来就像一个骷髅。

老头一见我就不住抱怨,说上头拨给文化站的经费少,屋子不能维修,连像样一点的桌椅都买不起。等到弄明白了我是来调查一宗坍塌事故的,他深凹的眼里几乎放出了光,连连说,你找到这里算是找对了。他领着我,七拐八弯地到了一个散发着霉烂的纸张气息的屋子里。老头说,那么重大的一起坍塌事故,许多人已经忘记了,这真是太不应该了,忘记过去,就意味着背叛呀。老头热情地唠叨着,你来真是太好了,我现在修镇志,正好写到这里。

我觉得有点不对劲,问他:"你说的坍塌,发生在什么时候?"

"什么,你不知道?就是发生在六十年前的那一次坍塌事故呀。"老头从木架上拿下一本破书,翻得哗哗响。老头一字一句地读出声来:

"民国二十四年春,邑人黄亮澄捐资筑路,召集古林及相邻村落民工数千,时逢春雨肆虐,山洪突发,以致山体坍塌,斗大巨石如从天降,冲毁道路及村舍,死难民工二十余人……"

错了,全错了。我不客气地打断他声情并茂的朗读。我告诉他,我是一个新闻记者,我对发生在六十年前的陈年旧事没有兴趣,我关心的是就发生在这几天里的。

老头眼里热情的火苗,熄灭了。他让我去竹笆村那边看看。

他告诉我竹笆是离古林最远的一个村,消息闭塞,坍塌可能发生在那地方。

从古林镇到竹笆村没有通公交车。我上路的时候,太阳已稍稍西移,但热力不减。这段路上几乎没有人烟。一个人走在酷热的山路上,没有比这更能考验一个人的耐力了。我放开嗓子大声唱歌。我唱啊,唱啊,一个村庄远远地出现了。它就像挂在山梁上似的。

这是一个人气很旺的村庄。很热闹。鸡飞狗跳,猪在山冈上跑。孩子们吵吵闹闹疯玩。村口碰到一个人,很面熟的样子,他点点头,我也点点头。一错肩,我想起了他就是同车来的、带着猪崽的那个农民。我欣喜地叫住了他。

"你说那件事?太好了!我给镇上说了好几回了,他们都说不管,我现在就带你去看。"

我跟着他穿过整个村庄,到了一个山坡前。这是一个蓊蓊郁郁的茶园。从茶园中间的一条小路笔直往前走,山腰上一级一级的,是一块块形状不一的水田,有的像猫眼,有的像猪腰子。在一块被碎石和山土压坏了的水田前,他停住了脚步。

"你看,就这里,前天下了一场雨,山上的石头和泥都往下冲,把我这一亩三分田给损坏了,你看看这稻子,都抽穗了呀,这可是我家一年的口粮呀。"

"你向上头好好反映反映,今年的救济粮一定要有我的份。"

"这事拜托了,你一定要帮我这个忙。"

在这个老实巴交的农民面前,我不知道说什么好。我呆呆地站在山坡下,想这真是一次荒唐的采访。不知道什么时候,村里那些孩子都上来了,他们远远地围着我,对着我胸前挂着的照相机指指戳戳。

我说,我是一个记者(你那件事要跟镇里的相关部门说,我实在帮不上忙)。我是来调查一件事故的,一件坍塌事故(什么是事故你知道吗)。我大热天赶老远的路来不是来看你那块被冲坏的水田的。我要调查的那件事很重大,那是一件性命攸关的事。我要把这件事尽快地写出来,登在报纸上,让更多关心这件事的人知道真相。

那群小孩里有一个叫出声来:"叔叔,我知道,我知道你说的坍塌是什么。"

那孩子领着我,来到村子中央一间半边倒塌的屋子前。断墙上裸着的砖头看起来还八成新。我问他这是怎么回事。孩子说,这是一间鬼屋。

"这是来喜家的屋子,去年造的时候,好好地突然塌了半边,砸死了一个人,来喜的脚也给砸断了。后来,他们在墙下挖出了一个死了不知多少年的婴儿。后来,来喜搬到别处去了,这个屋宅地因为有鬼魂,村里谁也不敢要,就一直空下来了。"

我摸摸那孩子的头,夸他聪明。孩子因为得着我的夸奖高兴地跑远了。我想这一切该结束了,这地方我实在是不想多待一分钟了。我想,如果我再找下去,肯定还会有一些别的稀奇古怪的事出来。看起来每个人都有他们心目中的坍塌,它可以是六十年前镇史上记载的一次山洪暴发,可以是被冲毁的一亩三分田,也可以是这间有鬼魂的屋子。

起风了,汗湿的衣服粘在背上凉飕飕的,风是从村子南面的大林场吹过来的。带着水汽和青草的香气。那个农民并没有因为我拒绝他而冷淡我,他恳切地留我在村子里住上一晚再回去。说真的,一个人黑咕隆咚地走山路我也不敢。我看看天。星光已在变得深蓝的天幕上显露了出来,照着四周的山梁像锯齿一样。这样我就住下了。

第二天一早,我就离开了这个叫竹笆的小村子。到我爬上山冈,村子还在暗蓝的山影下沉睡。太阳升起,金针般的光在油绿的树叶上跳跃,预示着这又是一个燠热的天气。终于到了古林镇。我发现镇子里笼罩着一股惊慌的气氛,昨天的宁静不见了,那些人收拾着家当,好像要搬家。

我拦住一个人,问发生了什么事。他打量了我一眼,说,镇子北面的山要滑坡了,整个镇都要被埋掉,那条公路也要坍掉,你不想被埋在里面就快走吧。

我叫了起来:"这不可能,绝对不可能!"

"所有人都是这么说的。"

他看了我一眼,又忙去了。那眼神,就像我是一个不可理喻的疯子。我一路走着,看到镇里几乎所有的人家都在忙碌着,准备逃离这个地方。

已经没有了车。我做了最坏的打算,一步一步走出去。那条又白又窄的公路,在针刺般的阳光下又一点点发烫了,像一条蛇,又苏醒了过来。我回头看远远抛在后面的镇子,它变得很小,很小。变小了的街道上,那些蚂蚁一般的人群在奔跑,还有他们变得细微的叫喊声。

我迈开大步。太阳一点点升高,在头顶的树尖上变幻出一个个炫目的光斑。脸上像有小虫在爬,那是一串串的汗水。突然,我听到身后一阵巨大的轰隆声,我欣喜地、几乎带点恶作剧地回转头去。

明朝故事

去年冬天,在S城召开的历史学年会上,我认识了年轻的大学教师史浩。他很腼腆,见谁都称老师。但他宣读的论文却让与会者都大吃了一惊。这篇论文叫《钉进双耳的锥子》。还有一个副题很长:"徐渭和他生活中的两个女人。"从我这个学科的规范来看,这几乎算不上一篇严格意义上的论文,但我不得不承认,小伙子的身上有一种我暗暗喜欢的东西,我说不清那是什么,但他的惊人之论比那些四平八稳的陈调滥腔无疑要有趣得多。

我留神听完了他半个多小时的宣读,发现他对徐渭这个明朝伟大的画家和诗人有着极大的偏见(譬如他称徐渭是一个不折不扣的伪君子),又对徐渭的两个妻子潘氏和张氏有着过火的热情(这在一个历史学者的身上出现是多么的不应该)。现今的学术空气不太好,专门有一些年轻人靠为古人做翻案文章来使自己扬名天下,但看他的样子又不太像。史浩个子不高,白脸,额头的一颗小痣上长出的几根胡髭显得格外的黑。应该说说的是他的眼睛,这双眼睛白多黑少,像石头一样沉静。我知道,有着这样的眼睛的人在俗世的某些方面或许是无能的,但他们一般都有着极高的天分,有着不为外界所左右的坚硬的信念。我准备在会议的间隙跟他接触一下,他有着这样出色的讲故事的才能,索性还是去做一个小说家,我不希望让陈腐的历史学毁掉一个可能是非常优秀的作家。

我乘电梯上十一楼,史浩就住在这一层。他开门见是我,显出了很吃惊的样子。台灯下散乱地摊着一叠文稿,看得出来在我进来之前他在写些什么东西。他飞快地收了起来。我正猜想他在写些什么,他说:"这是论文的全部,今天会上的发言只是一个三千字的梗概。"我称赞了他是一个用功的好青年,关于这篇论文,我告诉他,本人很想知道有关史料的出处。史浩的眼睛活了,里面有鱼一样的东西在游动。根据史浩的陈述,有关徐渭的这些史料出自他的一位远祖的笔记。他的这位祖先和徐渭是远亲,曾跟徐渭学过画,也是一位颇有名望的画家。这些笔记证明了,民间传说中把徐渭描绘成一个促狭鬼和小气精都是事出有据的。一般都认为,徐渭在晚年因癫狂以双锥刺耳,自残躯体,但——史浩说——笔记的记载并非如此,事实上是徐渭把这两只铁锥分别刺进了他的前妻潘氏和继室张氏的耳中。他是一个杀人犯,一个伪善者(关于这一点史浩说以后有机会再谈)。这部叫《不名居丛谈》的笔记在明万历初年就有了扫石山房的刻本,因散布不广很快就湮灭无闻了。民国初年江浙藏书家徐散原曾从书肆购得一部,后徐氏藏书毁于战火,几十年中,就再也没有人见过此书。史浩声称,现在他的手上就有他先祖的这部笔记,不过已经是残页了。他准备在一个合适的时间把这些残页公之于众,今天的会上,他只是投石问路做一个试探。说着这些的时候,史浩出神地盯着窗外,就好像他说到的那位远祖在窗外的夜色中闪现。

"历史是来不得半点虚假的,我可以指出你语句中不少的漏洞,但我不这样做了,年轻人最要紧的是要学会诚实。"

他在冷笑:"你以为历史是什么?那些一代一代传下来的,人云亦云的就是历史吗?你难道不这样认为,历史需要撒谎者、伪造者和性情乖张者的关照?每个人都有神化历史的冲动?"

"如果你还是一个历史研究者的话,我提醒你,最好以后还是不要再让我听到这样的话。"

话说得有点剑拔弩张了,这不是我的本意。空气里有着丝丝缕缕的盐的气味,那是我发胀的脚在呼吸。我拉开窗帘,这个城市的夜色像一幅巨大的壁画挂在窗外。有一团云久久地停在城市上空,它反射着城市的夜光,竟比白天时还要明亮。

"不过,对你那位先祖的故事,我还是十分感兴趣,我相信,凭你的才能,一定能把这个故事讲得非常出色。"

下面就是史浩讲的故事。他在说的时候,空洞的眼光穿过我盯着窗外,就好像他的先祖真的站在窗外的夜色里。

从那部残缺不全的笔记来看,史生——我这样称呼我那位远祖你不介意吧——在他十九岁那年的春天离开了家乡。在这之前,他已经做了五年乡村画师。史生五岁就能在沙地上画栩栩如生的鸡、狗和其他动物。八岁的时候,邻家的猫抓破了他画着鱼的纸。他画过捉鬼的钟馗,檐下的飞龙、麒麟和门神,在他的家乡,远近十里八乡都可以看到他的画,这使他很早就有了神童之誉。但在十九岁那年,史生突然发现,他画的东西在墨色未干时就像真的一样,没过几天,他画的那些吉祥的花卉和动物就神秘地消失了,就好像从来没有画过它们似的。他很苦恼,但又说不上来这是为什么。那一年,他为当地一个财主的新宅画壁画。史生画壁画有他的规矩,他要把所有画好的部分用布幔全遮起来,在整个画作完成前,谁也不准看到。终于到了他的画完成的一天,财主和他的家人早早就赶到了他作画的工场,小心翼翼地看着他用墨色淋漓的笔添上最后几笔。哗!巨大的布幔掀了开来,可是粉墙上却什么也没有。财主和他的家人十分气愤,一致认为他是一个浪得虚名的骗子,他们狠狠地给了他一顿羞辱后离开了,只剩下史生一个人孤零零地站在一堵白墙前发呆,泪水从他的脸上滚了下来,他喃喃着:"都是过眼烟云,都是过眼烟云。"

史生背上简单的行囊,他要出发去寻找真正的画道。从前,他非常热爱家乡这块巴掌大的地方,这里的飞鸟、河流和树木他都十分用心地画过。但现在,这一切再也不会让他激动了,因为,这个小地方只会窒息他绘画的天才。他想到了徐渭,说起来徐渭还是他一个远房的舅父。那时候,画家徐渭的声望可谓如日中天,一些巨贾富商不惜花费千金,都以得到他的一幅画为荣。在少年史生的想象中,徐渭这个名字就代表着画道,他只要默念着这个名字,就有一种甜蜜的晕眩。他决心要找到徐渭,做他的弟子,如果不成,为这个伟大的画家研墨铺纸他也乐意。他相信,徐渭一定会教给他一种法子,怎样让画永远不褪色,怎样让画永久地留在这个世界上。

顺着那条著名的河流,史生已经走了十几天。南风徐徐,吹得柳絮漫天飞扬,那些落到地上的,都松松软软地抱成一团。他感到自己就像走在一场大雪里。江上的船挂着白帆,南来北往,凭着江风吹来的气味,史生可以辨认出里面装的是茶叶还是糯米。见到徐渭的心情是那么迫切,在一个叫吴江的地方,史生用仅有的一点盘缠,买舟南下。船家慢腾腾地摇着橹,他的心早就飞向了徐渭,飞向了那个叫山阴的地方。在史生的想象里,这是一个树木丛生的地方,长年下着雨,空气湿润得没有一只鸟的翅膀是干的。伟大的画家就住在山谷里,或者溪边的一间小屋里,邀白云为友,与林中的小动物们友好地生活在一起。

太阳渐渐地西斜了,一种叫黄昏的东西在天边铺展开来。它仿佛是有重量的,压得那些鸟都敛着翅膀低低地飞,压得人的心里头一沉一沉的。史生站在船头,听着船剖开水路的哗哗声。他发现,整条江以这水路为界,分成了动静分明的两部分。一边是墨绿的静得像正午的猫眼。而另一边,半江的水烈烈地燃烧着,一派通红。他不知道该用什么样的颜色才能画尽这江南的春色。就在他出神的时候,前面出现了一只画舫。他眨了眨眼确信这么美丽的船并不是在梦中。史生的船不紧不慢地靠了上去。前面的画舫传出了一阵叮叮咚咚的三弦弹拨声,史生侧耳倾听,一个摇摇曳曳的声音唱将起来,唱的好像就是这春江的风景:"夕鸟几声啊垂滴滴,春空一片啊缀苍苍。"听着这歌声,史生就觉得好像一阵特别清凉的风吹过了他的脸。当他回味这歌声,又发觉它是酽酽的,如同这暮色下凝脂一般的江水。两船交会,史生看到对面船上红红绿绿罗裙的一角,看到一张梨花般白的女人的脸掀开帘露了一下。一会儿,画舫远远地落到了他们的后面,那歌,还在唱,歌声在水波上落下,又弹起,史生的心一阵阵地发怅。

晚上,在运河边上的客栈里住宿,史生又遇到了那个女人。客栈是一幢灰暗的双层木楼,楼前的一片空地堆放着草料和木柴。史生进去时,那些黑暗的小窗正透出昏昏黄黄的灯火来。伙计领着他,走上了吱嘎作响的木楼梯。站在长长的走廊里朝外看,那条河现在变成蓝色的了,夜行的船挑着一两盏灯,无声地滑过。史生去楼下喝了一杯温酒,回来后草草洗了一下正要睡下,白天在江上听过的歌,丝丝缕缕地挤进门来。循着声音,他把目光投向窗外,一个白色的人影正顺着河边向客栈走来。她的裙子非常长,看起来几乎脚不着地在走。歌声停歇,那女子已站到了门外。她朱唇微启,史生闻到了一股好闻的香气。"这位公子,长夜孤旅,难道就没有一个可心的人陪伴吗?"史生的舌头像短了一截:"噢……不不……"那女子扑哧笑了,黑暗的走廊里像亮起了一缕光:"那又为何忙着赶路,江南烟花地,就没有公子留恋的?""我是学画的,但我总画不好,画的东西过不了多久就褪去了,我出来是为了找一个大画家,向他学真正的画道。"女人的眼睛猛地睁大了:"画家,哪个画家?""徐渭,徐文长。"

"徐渭,徐渭……"女人念着这个名字,倚着门框的身子抖了一下。她娇弱无力的样子让史生联想到一株被风吹动的柔草。他不由自主地伸手搀扶,到了半途又缩了回来,他搓着手,羞赧得脸红了大半。

"姑娘,你?"

"我叫梨花。"

"是,梨花姑娘,你怎么啦?"

"你知道这屋子谁住过吗?你知道我为什么每天在江上卖唱吗?"梨花脸上的泪像雨珠子一样淌了下来,"就是那个负心汉啊,他住在这里,听了我七个晚上的小曲,就走了。我天天在这里等,他就是不肯再来会我一面。"

"你是说,徐渭在这住过?"史生吃惊得瞪大了眼睛。

"你不信?你听我唱来,月光下你的面容带着忧伤,鸟儿碰动花枝就像将滴的水珠,美人啊,我要隔墙偷窥你的梦……我唱着他写给我的诗等他,都唱了快一年了。"

黑暗把什么都吞没了。现在,窗外的河流也已看不见。一个女子,竟在一个陌生人面前一点也不掩饰她的情史,这让史生有点吃惊。原来徐渭并不是想象中的那样,安安静静地住在山阴的家里,画画,作诗,原来他扰乱了一个女子的春心又没事一般走得远远的。他怎么是这样的一个人呢?他为什么要这样做呢?这样的一个人,是不是还该千辛万苦地去找他?史生心乱了。"梨花姑娘,夜冷雾重,该憩息了。"

"你知道在江上我为什么要掀开帘子看你吗?因为你的身上有那么一种气味,就像他身上的一样,所以我一下就猜中了,你是个画画的。"

"可是我画不好,以后我怕是再也不能画了。"

"我可以告诉你一个秘密。"女人把嘴送到了他耳边,"你在画的时候加进些胭脂、花黄,这样的画一百年也不会褪色。"她握住史生的手,史生几乎要哭了。他脸上的表情让那女子轻轻笑了:"你的画并不缺什么,你只是缺少女人,缺少雨露的滋润。你知道吗?那些风流诗人那些画家,他们从来离不开女人。

来吧,让我来帮助你,把我的什么都拿去吧。"

史生一夜都没有睡好,江上的雾气从没有关严实的窗里挤进来,压在被褥上,他的梦境变得像铅一样沉。他看见梨花的脸像月光一样白。她一件件地剥去衣裳,抚摸他身体隐秘的部位,让他又兴奋,又感到了羞辱。他在黑暗中醒来,大睁着眼睛,慢慢地辨认出屋子里死气沉沉的桌子、橱、床上的帐钩。这是他出家门以来第一个听到徐渭的传说的夜晚,而这个夜晚又是和一个女人一起过的。小女子算什么,世上的所有脂粉加起来又算什么,同真正的画道比起来,世俗的享乐不过是春梦一场。史生很兴奋,原来做一回圣人也不难嘛,美色在眼前不要紧,只要心里头想着别的就行,我拒绝了她,也就是拒绝了世上所有的女人。

在苏州,史生登上了著名的虎丘。在那座看起来有点斜的砖塔下,他认识了一个瘦得像竹竿一样的老头。那人自称姓唐名寅,住在苏州阊门外三十里的桃花坞,虽出生商家,却不喜生意应酬,只想老死在书画诗章中。史生几乎是一下子就喜欢上了这个人。在山下小酒肆里,史生告诉他,自己这次出来是找徐渭学画的。"徐渭是谁?"唐寅乜斜着眼,一副天王老子也不放在眼里的样子,"我怎么从来都没有听说过?"他搭住史生的背:"兄弟,你知道这世间什么东西最可爱?"看史生傻愣愣的样子,他大笑起来："傻瓜，女人呀，有什么比女人更可爱！"酒让他的瘦脸挂上了愚蠢的幸福，他告诉史生，自己年轻的时候曾看上一个大户人家的丫鬟，那丫鬟年方二八，笑起来能把人的骨头都看酥了去，他卖身为书童，混进那个大户人家去，终于把她弄到了手。说起自己光荣的历史，他激动得说话都结巴了："来，来，来，兄弟喝。"又一杯酒下去，他唱了起来："一千朵的花在我眼前绽放，镜里的我和着春光一同老去，一万场的快乐一千场的醉，我唐某是世上的闲人地上的仙……"

　　酒力泛上来，史生敞着怀，香风抚摸他的身体就好像一只风情万般的手。他摇摇晃晃走着，前头是一个斜着肩挑担大白菜的伙计，一个身着青衣戴着黑色小圆帽的矮胖中年人走上去，和那伙计不知说了些什么，就和他一起抬着一筐白菜走了，然后那伙计要他再去抬另一筐白菜，小圆帽却死活也不肯了，伙计看着分在两头的白菜筐子，急得跳脚大骂。史生摇摇头，这醉醺醺的天气，把人都变得怪怪的了。阊门的太阳悬在头顶，照着林立的酒楼、茶肆、赌场和青楼，桥下的水泛着金子的色泽，哭声、笑声、叫卖声、打嗝放屁的声音像潮水一样涌向他，他想那个叫唐寅的老头真没说错，这吴中阊门乃是人间的乐土啊，生活在这乐土的人们像粪蛆一样拥挤而又快乐。

一日黄昏,史生来到了山阴城外。路边的水泊,照着他的乱发像一蓬茅草。路的前头一个又一个的水泊,像铜镜,映着西天的云霞。望着暮色中现出的城厢轮廓,史生面对的仿佛是一个梦中之城。城里人家大多临水而居,屋前屋后种着乌桕和苦楝,两边的店铺,有人在做木工,空气中散发着木头好闻的香气。一个耳朵有点背的老仆,把史生带到了一个女人面前,告诉他这就是他要找的徐渭夫人,张氏。史生偷眼看去。这从未谋面的舅母双颊酡红,好像为蓦然闯入一个陌生男人感到一丝慌乱。知道史生的来意,她说:"你恐怕要失望了,我家先生有三年不在家了,他去做幕僚了。"史生急忙问:"去哪里?""很远,听说是去了海边,跟一个姓胡的大帅。"史生正想告辞,妇人叫住了他:"今日已晚,你又何苦急着赶路,还是吃点东西,先住上一宿吧。"

老仆领着史生吃过饭,上了楼,史生推开窗,夜色中灰灰的屋脊像是烟波中的大鱼。窗外正对着一堵老墙,墙上是腐败的藤蔓。他听到好像有什么在唱歌,侧耳细辨,是风穿过山墙上的瓦缝发出的声音。半夜,一片晃动的烛光惊醒了史生,那光慢慢地移近,门外响起了衣裙摩擦的窸窣声。"谁?"史生翻身坐起。妇人秉着一支摇曳不定的烛,轻盈地飘了进来:"是我。"她把烛台放在桌上:"你千里而来,先生又不在家,妾身这里有他一幅画,不知你是否有兴趣看看?"史生拨亮烛芯,看妇人把画轴一点点摊开,那是一幅雪竹图,他凝神看去,一股寒气扑面而来,他不由惊叹:"好画!"

"我怎么看不出这画好在哪里?"

"画即心声,这话真是一点不错啊。"史生激动了,"你用心看着这画,就会听出两种声音,这声音从纸里、从运笔的空白处传出来,一种是雪落在竹叶上的声音,像一只猫蹑足从你的窗外走过,还有一种是竹叶和竹叶碰击发出的声音,像蚕咬桑叶一般,又像是情人拥抱衣襟相擦发出的沙沙声。噫,一个人的心如果不是冷寂得像空谷一般,又怎能画出如此雪竹!"

烛光下,妇人的青丝拂着史生的脸,她似乎不胜画中透出的寒意,一把抱住了史生。"夫人,你?"她倒在史生的身上,像是说话的力气都没有了:"这画……要是喜欢你就拿去吧。"她轻轻抖动着,让史生感到抱着的是一只受伤的鸟,终于,她没有关住忍了好久的哭声:"我,我哪是他的夫人啊,我比一个妓女都不如。"

现在,妇人张氏的整个身子都落在了史生身上。由于寒冷,她还在轻轻颤抖。她的手臂搂着史生的头颈,史生的脸碰到了她的泪水,史生感到自己的脸颊一边是冷的,一边火烫火烫。他的心里涌上了一种十分陌生的东西,一浪又一浪,他不由得用力抱紧了那团缠绕着的躯体。这躯体由于他的用力,慢慢地酥软了。妇人似乎变小了,而史生感到自己变得从未有过的强大。事毕,妇人伏在他的胸前娇声说:"你真好,你实在太好了。"

史生不知道说什么好,他对自己刚才的行径感到十分的厌恶,他不知道自己为什么会这样。难道忘了这次出来是干什么的吗?他暗暗地责问自己。他一把推开妇人,走到窗前,屋外,不知什么时候竟下起了雨,雨打在山墙和草垛上悄无声息。妇人从后面抱住他的腰,轻声说:"别去找他了,好吗?"史生说:"不,我一定要找到他,我要跟他学真正的画道。"

妇人更紧地贴住了他:"带我走吧,带我离开这座城市,离开这让人透不过气来的屋子。"史生不说什么,屋里响起了妇人的抽泣:"你去吧,你一定会后悔的。"

"为什么?"史生奇怪地问。

"因为你说的那个大画家,他是一个伪君子,一个大骗子。"

"夫人为什么说这样的话呢?"

"不要叫我什么夫人,我只是他的继室。"妇人哭得更伤心了,"他的夫人潘氏早就被他害死了,他害死了她,为了求得良心的安宁,又假装怀念她。我真傻,居然会听信他的甜言蜜语嫁给他,三年了,他寻花问柳,把我一个人扔在这里,你知道他在朋友面前怎样说我吗,他称我为恶侣、雌婆,再这样下去,我早晚有一天也要被他害死。"

天已大亮,雨也已经止歇,张氏带着老仆送史生出城上了向东的大道。此时,他们头顶的云却像被一双巨手推着似的,飞一般向西急驰,仿佛要把他们这一夜的记忆全部带走。路边横出的柳枝碰落了张氏头上的银钗,张氏俯身捡起,她脸上已变了颜色。很多个日子后,史生还记得张氏当时说的那句话,她说:"这不是个好兆头啊。"

这时已经是秋天了,史生从吹来的风里辨出了大海的气息。他的脚下是秋天的枯枝败叶,带着一种灰灰的尘土的颜色。愈向东行,长长的滩涂上出现了三三两两石头垒出的卫和所,这些小城池是抵御倭寇屯兵用的,史生不能确定徐渭是不是在这里,他只知道,徐渭是和东南抗倭总督胡宗宪大帅在一起。九月的一天,史生来到龙山卫附近,听当地人说,这儿不久前有过一场战斗,在一座叫达蓬的山下死了五百多个官兵和一队入侵的倭寇。走近达蓬山,史生听见了海浪拍击礁岩的訇訇声,这声音像是从一口大钟里发出的,他决定爬上山看看整个大海是什么模样。登上半山腰,眼前却是一片迎风猎猎作响的旗幡,他看见一群将官簇拥着一个人正对着远处的海指点着什么。风把那个为首的人的声音吹了起来:"我军新得大捷,又当如此佳境,怎可无诗。"众人喏喏,有说大帅英明,有说区区小贼怎挡我军神威,嘤嘤嗡嗡的一团,却没见谁吟出什么狗屁诗来。一个矮墩墩的中年人推开人群,一下跳到岩石上,风吹动他宽大的衣袍,也把他的三声大笑送到了史生的耳边。看着这中年人的黑色小圆帽,史生觉得十分眼熟,却又想不起来在哪儿见过。眼前有什么一闪,史生差点叫出声来,他不是苏州阊门外跟一个挑白菜的伙计恶作剧的那人吗? 看他那副横睨天下的模样,哪还有半点像在世俗市井里讨生活的?他用力挥了一下手,迎风高诵道:

哦,高高的、正午的太阳!
你就听任烧荒的野火遮没吗?
巨大的蝇飞来飞去寻找血迹,
而那些死者的腐嘴里正长出秋天的蒿草!

"徐渭你这算他妈的什么诗,又是血又是死的,真煞风景。"那些本来作声不得的,这时唯恐落了后,一个比一个说得响亮,那个被称作大帅的呵呵笑出声来:"徐先生,好诗啊,好诗,白日作鬼语,我就喜欢你这样子。来人哪,把本大帅的一对白鹇送给徐先生。"

史生这是第一次和他神往中的大师靠得那么近,酒在屋角的炉子里温着,帐外走着巡逻的兵卒。同席喝酒的还有一个姓陈的军官、一个姓朱的幕僚。他用心看着徐渭的眼睛,这是一双已显老态的眼睛,眼皮有点浮肿,但它们无时无刻不发光,这光让史生不敢再看。喝得兴起,军官和幕僚便向徐渭索画,徐渭哈哈一笑:"三斤黄酒,又要来骗我的画了,好吧,喝了三十杯酒,我的指尖像响春雷一般哩,好吧,铺纸,研墨!"不一会儿,画案就摆好了,徐渭踉跄着走到案前,一不小心,一大滴水墨掉落在宣纸上,史生啊呀一声惊叫,徐渭回身一笑,运笔如飞,一枝老藤缀着一串鲜亮的葡萄在纸上跳了出来。军官和幕僚连声叫好。徐渭喝了一大口酒,蘸了浓墨,乘着酒兴在画纸的空白处边写边唱:"时间飞逝我已变老,秋风掀起我的三茎白发,这笔下的一串明珠谁能看到,一蓬野藤是我最后的归宿!"

史生几乎看呆了,好半天才缓过气来。他出神地盯着徐渭那双在宣纸上飞速舞动的手。这双手苍白,修长,像一个女性的手,这双手怎么会像张氏说的害死他的妻子呢?待徐渭掷下笔,史生吞吞吐吐地问,这幅画为什么能作得如此惊魂摄魄,并问能不能送给他。徐渭诚恳地对他说:"你问我为什么能作出这样的画,说真的我也不知道,我只是爱纸,爱这雪白的、柔软的宣纸,它是多么柔软,像一个刚出生的小孩子,轻轻一团就会留下折痕,落下一滴水就会被溶掉,但它又足以承受我所有的想法,承载我所有对美的创造。当我面对这没有一点瑕疵的纸,就会禁不住全身发抖,就好像在我面前的不是区区一张宣纸,而是一个向我完全开放的处女,我就想把自己的全身都扑上去,我想我已经告诉你了,我为什么会画出这样的画。"

这时,挂在墙上朱笼里的那只白鹇叫了起来。这真是一只漂亮的鸟儿,它的尾巴和双翼是纯白色的,全身布满了整齐的黑纹,腹部却是纯蓝黑色。徐渭走过去,抚弄着白鹇的羽毛,长叹一声:"唉,我就像这鸟儿,屈身在精致的笼子里,虽不敢说还有什么奢望,却总归心有不甘。"他转向史生:"我已上书总督大人,决定离开军中,难得你千里而来,喝过这杯我们就此别过吧,这乱涂的几笔就留你做个纪念。"

几个月后,史生旅宿在运河最南端一个叫马渚的小村,就在这一夜,史生梦到了许久不见的张氏。张氏坐在他床前,侧着身,她的另半边脸隐灭在黑暗里。她用一支银钗划开一只柚子,果汁涌出来,空气里芬芳飘动。他要张氏把脸转过来,张氏执意不肯,他再说,张氏就哭了,她一把推开他:"郎啊,你我已是阴阳两界,我这半边脸上满是血污,耳中还钉进了一只锥子,怎么好让你再受惊吓?"史生握住她的手,手上透出的凉气让他吃了一惊。"快说,你这是怎么了?"张氏的身影已飘向门外:"妾身去矣,望君多加珍重。"史生在黑暗中惊悚坐起,当他庆幸这只是一个梦的时候,他看到了烛台旁的一枚银钗。他清楚地记得,张氏送他出山阴城那天,这枚银钗让路边的树枝碰到了地上,张氏捡起它,还说过一句在他听来莫名其妙的话。现在,史生拿着这枚钗,他的胸口像刺进了一枚针,隐隐作痛。他对着窗外汩汩流动的河水说:"亲爱的张,我看见了你老屋墙外的藤蔓,看见雨落下来在你的眼里化为泪水,我看到了你的身子像宣纸一样飘动。"

他又到了苏州,阊门内外依旧是那样的繁华,无数的翠袖在楼上向来往的客商招摇着。姑娘们清丽的笑声和着马帮的铃声一起飞扬。迎着金针般的太阳,他不知道自己为什么要流泪,为什么心中会涌上一种很深很深的怜悯,为自己,为卖笑的姑娘,也为那些素不相识的大街上的人们。在苏州城外三十里的桃花坞,曾经谋过一面的唐寅又请他喝了一回酒。唐寅现在已经老得路都走不动了,在桃花茂盛的桃花坞兴建了一处别业,自号桃花仙人,日日在花香酒醉间度日。唐寅告诉了他近日来士林中盛传的徐渭杀妻一案。几个月前,东南抗倭总督胡宗宪被下狱论死,总督府的幕僚树倒猢狲散,徐渭怕受株连,担惊受怕中发了疯病(也有人说是佯装发狂)。有一次病发,他还拿了一把劈柴的斧头狠命地劈自己脑袋,头骨都打碎了还是没死成。后来不知怎么的,他又怀疑起了妻子张氏有外遇,把一把三寸长的锥子钉进她的耳朵,把她给杀死了。杀妻已是重罪,又因他与胡宗宪一案的牵连,就定了死罪,幸亏翰林编修张元汴先生力救,才改判六年监禁。听到这里,史生的脑袋里嗡的一声,眼泪就出来了。现在他知道了,那一夜在运河边上一个小村里张氏走入他的梦境并不是没有缘由的,她是赶了那么长的路来向他道别的啊。

不知在酒桌上伏了多久,史生睁开眼睛,夕阳已经收去余晖,铜盘一样的月亮在蓝天上凸现了出来,又轻又薄的月华,照着他们身前身后成万树盛开的桃花上。风吹花落,飘进了酒杯,唐寅醉眼惺忪看也不看,一饮而尽,把酒杯扔进草丛,摇晃着,边唱边向桃园深处走去。"酒醒只在花前坐,酒醉还来花下眠。半醉半醒日复日,花落花开年复年。但愿老死花酒间,不愿鞠躬车马前。车尘马足富者趣,酒盏花枝贫者缘……"歌声和晚风吹在史生脸上,他怔怔的,一时竟不知自己身在何处了。

他抖开徐渭送他的墨葡萄图轴,月光下,这一颗颗墨色的葡萄竟有着冷冷的亮泽,好像珍珠一样。那次在军营里他问徐渭为什么能画出这样的画,徐渭说是因为他爱这雪白的柔软的宣纸,他一直想不透这话。现在他好像有点明白了,徐渭并不是真的爱惜纸,笔墨纸张都是作画的工具,又没有性情,他真正爱惜的其实只是他自己。他对自己和自己的画爱得太多,他心里已经什么也装不下了。一个没有了爱的人是多么的冷酷无情啊。史生把画揉成一团。画轴里面响起了骨头碎裂的声音。

这一年春天起,史生成了唐寅桃花庵里的常客。他们喝着唐寅自酿的桃花酒,喝醉了就随便找一棵桃树靠着打盹,晒太阳。他自己在姑苏城东门外搭了一处草屋定居下来,娶了一个屠户的女儿为妻。他种了几畦蔬菜,还养了一只看家的小狗,几只小羊羔。他日出而作,日落而息,成了一个快乐的农夫。羊羔长大了,他也不送去屠宰场,老死了,就在屋后挖个坑埋了。有时他想,快快乐乐地活着,让风吹着,让太阳光照着,这多么地好。夜晚挨着妻子睡,她虽然不漂亮,但枕着她健壮的胳膊心里又是多么地踏实。他几乎忘了自己为什么要离开家乡,为什么要来到这一个陌生的地方。他只在一个人的夜晚就着一盏暗淡的油灯,用简单的线条画下一些进入他眼里的风景,白菜、小虫、山上的柿果、爬树的蝉和水塘里的虾,只有他自己知道,这些小生命是他最好的朋友。他爱它们,就像爱自己身上每一件东西。画它们,成了他十分隐秘而又快乐的一桩事。几乎没有一个人知道他曾经是一个画家。

"故事就这样结束了吗?"

"如果你不是非要一个结局的话,也可以这么说。"

"听你讲故事我有一个想法,你不要生气,我觉得你真是生错了时代,比起现在这样一个乱糟糟的时候,你更应该生活在你的故事中,生活在明朝。"

"哦,明朝。"他的眼睛痴迷起来,"生活在那样一个时代,该有多少传奇发生!我喜欢明朝,纸醉金迷,放纵而又奢靡,俗也俗到家,还有那么多的才士、美女,唐寅、徐渭这些江南才士,傲也好,狂也好,他们都那么优秀,恣意地绽放生命的欲望,唐寅爱的是醇酒妇人,徐渭爱的是他自己。他们的生活里有悲哀,有欢欣,但谁也不重复谁的活法。"

"那么你的那位祖先呢,他找到了什么?"

"快乐。"他干脆地回答,"爱俗世间的一切,爱平凡的生活会让人变得快乐。快乐是明朝生活的哲学。"

下面是史浩讲的明朝故事的结尾：

明万历初年，徐渭出狱。经受了这一番牢狱之灾，五十出头的他看起来已是一个颓唐的老人。万历四年秋，应宜府巡抚吴兑之邀，他开始了一次北游。在他晚年自撰的年谱《畸谱》里，他记载了这次北游，从中还可以看出他和史生在苏州有过一次会面。年谱里被他称为史甥的肯定是史生无疑。关于两人是如何碰到的，记载里没有说。一般说来，艺术家自述生平的文字应该是比较可信的，但徐渭在写到这一节的时候不知是用了曲笔，还是心中另有隐衷，反正让人看起来颇起疑心。因为他说史生在和他一起讨论画道时突然消失了。记载中，徐渭津津乐道的是自己的一幅得意之作《又图卉应史甥之索》，从中可以推出，他和史生在这次会面中的确讲到了画，应史生的请求他还绘过一幅花卉。但好好的一个大活人怎么会突然消失了呢，徐渭在记载中试图自圆其说，把他还没有说的话补齐全，当时的情形就可以还原出来了：

当两人再次面对，心里头一定是什么滋味都有。离上次的见面，虽然只隔六七年光景，但恍惚中，却像是上一世的事了。他们喝酒，或者没喝，但说到女人那是肯定的。徐渭因杀妻入狱,史生对张氏之死又是那么的铭心,他们的心里都不可能放下,这个话题肯定是绕不过去的。然后他们说到了画道,对于这个问题他们的见解各不相同,或许有过一番激烈的争论也说不定。再后来为了证明各自观点的正确,徐渭就画了一幅花卉,这就是上面说到了的那幅画。就在徐渭伏案挥毫时,史生从草席底下随便抽出了一张旧作。史生画的是一个秋天的林子,一个金黄的阳光流淌的树林。徐渭仔细地看画,这样的画他从来没有看到过,也从来没有想到竟然会有这样的画。这幅画那么的朴素,那么的有力,把他心里头的什么东西喀喇喇地打碎了,让他又是难过又是羞愧。当他从画里抬起头,突然发现一直站在身边的史生不见了,他问史生的妻子,那个模样丑陋的女人惊奇地说,史生,他不是和先生一起说着话吗?徐渭的眼睛扫过桌上的画,隐隐地他听到了马蹄声。这声音仿佛是从纸上传出来的。他低下头,看到了画上的那匹马,那匹马驮着一个人跑进了秋天的柿林。他看清楚了,那个人,正是史生。画中的柿果像一个个血红的灯笼,照着史生的脸。他轻轻地叫了一声,史生。

三生花草

前　身

　　苏堤有一段时间经常做梦。有一次他梦见了杜少牧,杜少牧牵着一头黑驴,走在春风十里的扬州路上。太阳底下,他竹竿一样瘦的身子一晃一晃的,就像风一吹就要消失的样子。还有一次他梦见了坐在一大群姑娘中间吃花酒的柳三变,柳三变讲了一个荤段子,坐在他膝上的一个姑娘笑得全身的肉都动了起来,噗的一声把嘴里的酒都喷出来,洒在柳三变的衣襟上。姑娘正要抬手去擦,这时从窗口飞进了伏在井栏上打水的一个老妇的歌声,唱的正是他填词的一支新曲。在最近的一个梦境中,经常出现的是一条宽广的河流,阴沉沉的天空压着河面,气氛十分肃杀,一个瘦高个的男人峨冠博带,满面愁容走在河边,他的内心好像有着说不出的巨大痛楚,不时顿足捶胸,号啕大哭。后来他在一个河湾上蹲下身,捧起一块大石头绑在衣带上,拉了拉,还不放心,又打上了好多个死结。他想起来了,那条河是湘江的一个支流。他刚到长沙实业学堂教书的时候曾经去寻访过,还在河边为那个死去了两千年的人烧了一刀自己的诗稿。

苏堤后来对刘三说:"我就是转世的杜少牧,我就是那个写通俗爱情诗歌的柳三变,我还是那个把香草比作美人把美人比作君王的死了两千年的诗人。"

西　湖

临终一刻,苏堤看见了孤山脚下那条通往西泠桥的道路。路面惨白,落满了腐叶和尘土。

一团黑墨般的乌云在天边翻卷,惊雷响过,偶尔露出的几丝光亮愈显得狰狞。风,像是从湖中央生成的一样,发出暴虐的啸声,它就像一只看不见的手掌,追赶耍弄着还在湖上东漂西荡的几只游船。接着,白亮亮的雨点就劈头盖脸砸落下来,打得山道两旁的树叶簌簌响。

苏堤刚从白云庵下来就赶上了这场豪雨。秋天的杭州还会下这么大的雨是他不曾想到的。他一直以为西湖是温婉的。这座城,这座终日熏风如织的南宋遗城是温婉的。他想不到的是第一次回到杭州,杭州竟会以这样一种方式迎接他。眼见得雨是越下越大了,密雨骤风里有着隐隐的金戈杀伐之声。他跑进湖边的八角亭,回头望望身后的雷峰塔,已经被一片白茫茫的雨气遮没了。

他是以一个出家的人的礼节拜会白云庵住持的。他的职业是一个教员,但自从十六岁那年在广州蒲涧寺初次披剃,他内心一直认为自己是个真正的佛门中人。此次他跑来白云庵是想求住持再度剃度的,但住持说出一句偈语就闭上眼睛没睁开过,那句偈语是:"春楼风中雨过墙。"他无以应对,住持也一直不再对他说一句话。下山的路上他一直在想,这老和尚是不是看我慧根太浅,还要我在人世间再加历练呢?"春楼风中雨过墙",这应该是一句不错的诗,但下联在哪儿呢?

苏堤站在湖边的石亭里,雨无论从哪一个方向过来都可以打着他。他想这就像厄运,一个人跑到天涯也避不开一样。古亭的柱子上有联,字迹已然漫漶,苏堤还是一个字一个字读出来了:"艳寒宜雨露,香冷隔尘埃。"不知怎的他一下就想到了葬在断桥之侧的苏家的小妹,苏小小。"青骢马,油壁车,香风轻拂玉人来。"他沉吟着,一任雨打在脸上,衣衫尽湿也浑然不觉。雨地里传来一阵笑语喧哗,抬头看时,三两个人影正共撑着一柄黄布雨伞,大呼小叫着向着亭子飞一般涉水而来。

那时他还不知道,许多个日子后,还有人会提起1905年秋天他初次造访西湖的事来。他站在湖边石亭的情景会被人写进一本书。那一年初秋的雨中,向着湖边石亭跑来的刘三,后来成了苏堤最知心的朋友,就是他,在晚年的回忆录中,这样描绘苏堤当时的神态:"那年秋天,我因为写了一本鼓吹立宪的书惹祸上身,在杭州孤山一带避风头,有一天携贱内游湖,遇上了大雨,路过灵隐岩下一个石亭的时候看到了一个束着头发的少年,他外面穿的是出家人才穿的一件衲衣,领口露出的内衣却非常华贵。他好像没有看到大雨似的,好像也没有看见我们。我看他的眉宇之间有一股逼人的悲壮之气,当时我还对贱内说,这肯定是一个奇人。我后来才知道,他就是伟大的诗人苏堤。"

东京(一)

我那年去东京是寻找我的生身之母的,想不到会陷入一场和艺伎的恋爱。这再一次印证了人生就是在暗夜里行路,你定好的是这个目标,却会走到另一个毫不相干的地方去。我的父亲苏杰生是一个茶商,确切地说是英国茶叶公司在日本国的买办,他干得很卖力,很得英国人的赏识,几年经营下来用攒下的薪金在横滨郊外的山下町置下了一处房产。我成年后,还有许多人对我父亲在日本的那次盛大婚礼记忆犹新。我父亲那次娶的是一个叫河合仙的日本女人。这样,加上结发妻黄氏(我叫她大娘),我父亲就有了两个老婆。但这两个女人谁也不是我母亲。我的母亲是那个叫河合仙的女人的妹妹,他们告诉我她的名字:若子。若子,这真是一个好名字。若子是那一年跟随她出嫁的姐姐一起到苏家的,在苏家做帮佣。我后来知道,我父亲让她怀孕那年她才十七岁。所以你也可以这么认为,我的父亲苏杰生有三个老婆。

我的记忆中一点也没有生母的印象,因为据说她生下我三个月后就离开了我父亲,从此下落不明。我猜想这里面肯定包藏着一个巨大的秘密。我六岁那年就随大娘返回了原籍:广东香山。我的同乡里有一个非常有名的人物你们都知道,他就是孙逸仙,这个人对我的一生产生过非常大的影响,不过那时候我们还没有结识。我在香山待了没多久就到上海去了,是一个游方和尚的一番话使我祖父和大娘下了这个决心。那和尚说我体质羸弱,从小又没有好好调理,恐难长寿,应该到有水的地方去。上海不是带水吗,再说祖父在那边也有朋友,于是过不多久我们全家就坐船搬迁到上海了。我就是在上海受的新式教育,我的授业恩师是个西班牙人,他有个中国名字叫庄湘,最早是上海某个天主教会的教士。我们搬去上海的时候,他已经在这个城市待了十多年,是个地道的中国通了。他后来成了我祖父为数不多的朋友之一,他们经常在一起讨论共同感兴趣的天象和东西方历法。这里还应该提到他的女儿雪鸿,因为在我的生命中她也是一个重要的女性。不过那时她还是一个胖乎乎的小女孩,一点也不漂亮,说中国话还老是咬舌头。和我们不一样的是,她有一双深水一样湛蓝的大眼睛,她看着我,里面就一汪一汪的,好像要溢出来什么似的。我仔细研究过她的眼睛,可是除了在里面看到变成了小人儿的我自己,什么也没有发现。

在和百助眉史交往之前,我已经写过几十首诗,可是朋友圈子里一直把我看作一个半吊子的诗人。他们认为像我这样一个商家子弟去弄诗只是为了附庸风雅或沽名钓誉。我刚开始学诗的时候,他们一个个都笑话我,我把彻夜不眠呕心沥血写成的诗句恭恭敬敬递上,他们轻轻地扫一眼就还给我,鄙夷的神情就好像我递给他们看的是一堆大粪。最初我是跟太炎先生学诗的,可是他从来没有好好教过我,照他的说法,他是看在我祖父的面子上才让我有一个弟子的名分。在东京神田清寿馆和我同住一屋的陈仲甫曾经毫不客气地对我说,你连押韵、平仄都不懂就想写诗,这就好比一个还没满周岁的小孩,没学会走路就想跑了。他们开了一大堆书目让我好好去读,什么《千家诗选》《唐人绝句大全》《漱玉集》《花间词》,可是我每本书翻开过一两页就丢掉了。我还是觉得我是对的,写诗完全是一件个人的事,一点也没有必要去捡古人牙慧,这是一件很自然的事,就像人要吃饭要排泄一样,它并没有像那些人说的多么高尚。当然这话是对那些天生是诗人的人说的,我觉得我就是一个天生的诗人,我非常偶然地来到这个世界,就是为了写出一首甚至那么一行能让人们记住的好诗。

从东京回到上海,我曾经把献给百助姑娘和其他一些歌伎的诗作装订成册,在朋友圈子里流传。我记得他们当时吃惊的神情,就好像吞吃了一只苍蝇,张大了嘴巴好半天也合不拢。他们太吃惊了,他们对于我这样一个所谓的纨绔子弟写出这样清艳脱俗的诗句而感到太不可思议了。有人开始小心翼翼地赞美我是一个有前途的青年诗人,还有人则激动地宣称一个天才的少年诗人横空出世了。但他们看着我的眼神还是怪怪的,这就好比平江不肖生写的小说里,江湖上一个没有一点武功的人一夜之间突然成了绝顶的高手,他们脆弱的自尊心一下子还真无法接受,他们怀疑我在东京的一段时间也有过什么奇遇。但只有我自己清楚,要说有什么奇遇,那就是百助姑娘,以及在她之后我生活中出现的那一群漂亮艺伎,正是她们,使我死水一样滞住的诗句流动了起来,有了活泛的生气,有了自己的声音。是的,在我的诗歌里,你可以看见她们美艳照人的面容,听见她们说话和呼吸的声音。

前面说过,那年春天我到东京是去寻找我的母亲的。我的朋友刘三和陈仲甫在我来之前半个月已先期抵达。为了节省开支,我也搬到了他们住的神田清寿馆里。偌大一个东京,要找一个人谈何容易,再说我除了母亲的名字别的什么也说不上来,他们陪着我跑东跑西,十几天下来还是没有一点线索。我父亲不知怎么的知道了我来了东京,托人传话要我去看看他们,他说你不来看我没关系,可是你一定要来看看二娘,二娘有话要和你谈。我犹豫不定是不是该去一趟横滨。看我连着几天一直郁郁不振,他们都很担心。有一天刘三提议我们找一家清酒馆去坐坐。路上,刘三神秘兮兮地说,我们去唐昭提寺近旁的一家吧,保证你们不虚此行,听说那儿新来了一个艺伎,像一个玉人儿似的,还会弹一手好筝。陈仲甫说,六指,我们兄弟吃酒归吃酒,找女人干什么?刘三的左手长有骈指,我们都叫他六指,他也不恼。刘三说,夫子你心里怎么想的我又不是不知道,装什么假正经呢?他们嘻嘻哈哈一路打趣着,我知道他们是为了逗我高兴。就这样,我们走进了那家清酒馆,遇见了那个叫百助眉史的姑娘。

她身穿和服,恬静秀丽,头发高高束起,梳成两个粉红色的莲花同心结,垂着两条绛红色的丝带。她的眉毛是精心修剪过的,她的脸上只是淡淡地着了点色。天色渐渐暗去,侍仆进来点了支烛,三个人里我坐得离她最近,可以清楚地看到烛光照着她的脸上浅淡的绒毛。在我们要求下,她调好了筝,手指轻拨,一串清泠的筝乐水珠般在室内四溅开来。烛光无风自动,她的影子也在轻轻晃动。我一眼不眨地看着她,她的脸,她的手指,我从来没有这么近地盯着一个女性看过。我的心好像也被一双素手轻轻弹拨着,近几日身体里面压着的东西突然轻云一般散去,筝乐流淌,在我空空的身体里撞来撞去,我的身体变得很轻很轻,好像被什么带着一样向高处飞升。那一天,大概我看百助眉史弹筝的样子太出神了,有点失态,回来的路上他们两个取笑个没完。刘三说,不得了,和尚动凡心了。陈仲甫说,六指,你难道看不出来,我们的苏堤小弟是情窦初开?我没有申辩,我的心里充满着说不清的喜悦和怅惘,如果我说我在看着百助姑娘弹筝时就好像看见了我母亲,他们会相信吗?我想他们恐怕要笑死。我不说话,他们更认定我是看上百助姑娘了。

很多天里,百助侧着头抚筝的样子总是浮现在我眼前,我按照记忆中她抚筝的形象画了一幅小像,在背后题了一首小诗,吩咐门房送去。隔几日,我一个人去那家清酒店,她抬眼一看是我,眼底里突地像清水起了涟漪,她一把握住我的手,欣喜地说:"淡扫蛾眉朝画师,同心华鬓结青丝,你真是写我吗?你画的那个人真的是我吗?"其实我是在看过她之后,按照我想象中的母亲的样子画的,但看着她那么急切的样子我就不好实说了,我就点点头。她笑了,那是一种发自内心的真正欢快的笑声,像水声一样清越,她红着脸说:"他们说,这一行干久了就会有很多人写诗给你,可是我还是第一次读到别人写给我的诗哩。你写得太好了,真是太谢谢你了。"这是我第一次听到有人说我的诗写得好,虽然她是一个艺伎,但我还是很高兴。我装出很老到的样子说:"那都是因为你筝弹得好,人也长得漂亮。"她脸上飞起了两片红晕,低下了头:"我是真心地感谢你,想不想听我再弹一曲?"

东京(二)

严格地说,百助眉史是我生命中出现的第一个女性。正如你们现在知道的,我出生在一个很古怪的家庭,它看起来很新式,却包含着许多腐朽、阴暗的东西。在这样一个家庭里,我从来没有得到过那种温暖的、容你有点小小的放任和无赖的爱。六岁以前,我已经对二娘河合仙乖张的举止和性情有了鲜明的记忆,她没有为我父亲生下子嗣,我也算是她名义上的儿子,可是她给予我的不是爱而是说不清的仇恨。她那双柳叶般细长的眼里射出的光总是让我感到寒冷。五岁那年,我玩耍时不小心打碎了一只景德镇花瓶,她竟罚我在地上跪了大半夜。从那以后,我一看到她白得没有血色的脸就会联想到冬天河里结的冰。后来我跟大娘回了原籍,可是大娘的心思全都让大哥和二姐占去了,留下来给我的只是一个极小极小的角落。这样的环境里,我无时无刻不在想念我母亲,我受了委屈,就想扑在她的怀里大哭一场,我有了一点高兴的事,第一个想到要告诉的也是她。可是茫茫天地她在哪里呢?她好吗?她是不是知道我在想着她?我按照内心的愿望一次次地修改她的面容,把跟庄湘老师学的一点西洋画技法也全用上了。在一幅我保存至今的小像里,母亲披着一袭白纱,漫步在河边樱花树下的草坪,她眉头微颦,就像曹子建曾经梦到过的洛神一样忧郁而又美丽。

很长时间,我对母亲的爱使我忽略了身边所有的女性,我遭遇了她们,可是我好像没有看见她们一样,她们就像行走时掠过身旁的风,就像雪天落在身上即刻就融化的雪,我痴顽的心从来没有留意或者钟情过哪一个。我说百助眉史是我生命中出现的第一个女性,这不仅仅是因为她是第一个与我有肌肤之亲的(但也仅止于此),更是因为她让我领略了什么是女性的柔女性的美。那一天酒馆里很冷清,就我一个客人。听完百助弹筝已经很晚了,起身告辞的时候,我突然很想抚摸百助一下,不管抚摸她身体的哪一个部位,就像抚摸我从来没有见过的母亲一样。我吓坏了,我为自己有这样卑琐的念头感到害怕,但这种欲望是那样的强烈,就好像她光洁的脸,她微启的唇有一股吸力,把我的手指向那里牵拉了过去。是的,我们接吻了。是的,那一刻,那天旋地转的一刻是我生命中最重要的时刻。她是那么的柔软,她的手,她的腰,她整个的身子,她的舌头在我的嘴里像一条小鱼,不知疲倦地游呀游。

那一夜,我不知道是怎样回到旅馆的。我的心里甜蜜而又疼痛。我想我干了什么呀!一连好几天我都没有去见她,我渴望去见她,又怕见她,我的身体里好像有一只老虎,它又挣又跳,暴烈地大叫,让我浑身发抖。我知道那就是情欲,火一样要把人活活烧成灰烬的情欲。我真怕自己接下去会做出什么来。为了关住这只内心里的老虎,我强迫自己坐下来一首接一首地写诗,诗是这只老虎的毒药。为了让这只暴躁的老虎平静下来,我只好不停地写诗。我想不到的是,百助竟会一个人跑到旅馆来。那一天仲甫和刘三正好有事出去了,她穿着素花小袄,突然出现在我面前。她一见我就小鸟一样扑进我怀里,都快要哭了,说,为什么好些天不见你来?我嗫嗫嚅嚅,谎称病了。她伸出小手在我额头上一探,又摸了摸自己的额头,"呀"了一声,说,是呀,头都发烫了呢。她说:"我那儿有去年冬雪化的水,泡上干菊花医头疼最好了,我现在就给你取来。"我忙说不用,不用。其实一看到她,我内心里的老虎又苏醒了,它正暴躁地在我身体里转着圈,它的牙齿咬得咯咯响,它的爪子从我的身体里伸出来,好像要把周围的空气都撕成碎片。我拼命抑制着它,不让它撒野,这样我脸上的神色就愈加显得痛苦了。她也更认定我病得不轻。她扶我到床边,要我躺下。我听话地躺下了。她紧紧抱着我的头,我听到她的身体里有一只小鹿在嘚嘚嘚奔跑。我也紧紧抱着她,她卷曲的一绺发丝拂着我的脸,让我的心又是酸又是痛。她光洁的身体是那么的小,那么的小,我轻轻一搂就全在我怀里了。我几乎又酸楚得要掉下泪来。可一转眼,我又听见了那只老虎咻咻的鼻息声。它使我渴望去践踏,去占领,去摧毁。我听见我的呼吸和它的呼吸合在了一起。我看见我的脸也和它一样变得狰狞。我一个激灵跳了起来,我混沌的脑子里现在只有一处亮光,我只是迷迷糊糊地觉得,我再也不能这样了,我不能玷污她,也不能玷污我自己。她看着我,眼睛里先是充满迷惑,后来是不安,当我穿好衣服,她裹紧被子,肩一耸一耸的,无声无息地哭了。

难道真如他们说的,是佛性返照使我悬崖勒马的吗?不是,绝对不是。那一刻,当我离开百助火烫的身体那一刻,我想到的其实是我的母亲。我来找她,遭遇了百助,正是她的柔情使我一直渴望的母爱变得触手可及。我离开了她的身体,我暗暗下了决心要永远离开她。但是当我抑制住强烈的情欲,决定把她,把以后遇到的所有女性都只当作姐妹,我才感到女性的美丽是一种多么惊人的力量,它能够抚慰人心,也足以伤人。这种力量就像钝器的撞击,外表不见伤,可身体的里外都痛了。我的眼睛因这美丽而流下了泪。她走后,我抚摸着自己的脸,感受着她在我的脸上和手指间留下的爱情的气息,这气息让我的心里像插着一柄刀,一柄缓缓绞动着的刀子。

自那以后,我和百助再也没有单独在一起过,以后每次去,相陪的除了她,总还是有一些别的艺伎在场。我就是这样认识阿可、国香、阿蕉、柳烟她们的。风和日丽,岁月静好,我也不想去寻找我的生母了。该出现时她自然会出现,她不想见我,我是跑到天涯也找不着她的。日日歌宴升平,我悠游其间,日子过得顺风顺水,那时我自然想不到,过不足月,百助会把我送她的那张小像还给我,一个人悄悄离开,在东京到长崎的船上跳海自杀!那一天得知噩耗,天正下着雨,我淋着雨像匹野马在城里乱跑乱闯,跑得一点没力气了让人当作疯子送了回来。他们说,我迷糊着的时候一直在唱着这样一支歌:

> 我是一滴泪水呀
>
> 在这个世界上流淌
>
> 我如此孤独地流淌
>
> 流过谁的脸庞
>
> 我是一滴泪水呀
>
> 在黑暗中闪闪发光
>
> 黑暗中谁的眼睛
>
> 是我亲爱的故乡
>
> ……

上 海

1918年暮春,35岁的苏堤在上海广慈医院即将走完他的一生,弥留之际,他对一直守候在床边的好友刘三说:"我死后把我葬到西湖的孤山脚下吧,在那儿我可以天天听到白云庵的钟声。"

这年开春,他和刘三又一次去了杭州,住的还是以前经常落脚的白云庵。那些日子正好有一场寒潮侵袭江浙,云团低迷,白云庵的几树寒梅在他们到达的那一天正好开了。雪地红梅,有一股逼人的艳丽,苏堤很高兴,认为这是一个吉兆。那天傍晚,他们在住持陪同下用完素斋,两个人在禅院前的放生池边散步,苏堤兴致很高地吟了两句诗,"斋罢垂垂浑人意,庵前潭影落疏钟",可能是回廊风呛了嗓子,吟罢他没命地咳嗽起来,竟咯出了一摊血来。刘三慌了神,苏堤反倒过来安慰他,说,没事,真的没事。刘三说:"从来诗人不长命,我们还是安安心心做俗人吧,你没看见你的诗稿一天比一天重起来,可你的身子在一天比一天瘦下去?再这样下去怎么得了?"多年以后,刘三翻检苏堤遗作,回想起那一次杭州之行,才明白事情的结局已经提前在他的诗中出现了,那一句诗是:"西泠终古即天涯。"

听苏堤说完那番话,刘三明白,他或许已经看见了自己一生的终点,有句话他想说,终于还是没有说出来。那句话是:诗人没有一个好下场的,因为他们说出了上天不允许世人知道的东西,你用文字创造出了比自己更崇高的东西,终于导致了自己肉身的毁灭。

苏堤缓缓张开眼睛,看见刘三还坐着:"刘三,我觉得我的一生是在不停地兜着圈子。"

"是的,我们都一样,我们每个人的一生都是在莫名其妙地绕圈子。"

"我小时候,有个老和尚说要往有水的地方走,这样我就到江南来了。我八岁到上海,又到过江南那么多美丽的城市,现在,我又回到上海来等死了。"

"呵,江南……你喜欢江南吗?是的,你喜欢,这里的天空总是雨气迷蒙,永远像没干的油彩,除了这里的冬天太冷,害你老发哮喘,别的看起来还真不错。"

"南京、长沙、芜湖、温州,还有我最喜欢的杭州……想起来真是上一辈子一样远的事了,可惜,我要到下辈子去了。"

"不,等你病好了,我们可以去我们想去的任何一个地方,你说的这些城市,有好些我们还是一起去的呢。"

"不,你不用再安慰我了,时间到底是什么? 我想我这一生是参不透了,这二三十年,真的像流水一样哗哗地流走了,再也不回来了!真像一场梦啊,我将这些时间的片断,保存在我们到过的那些地方了,有一天这些过去的时间或许会复活呢……"

刘三想,苏堤为什么会有那么多奇怪的念头呢?要在过去,两人早就争了起来,可是现在,只能静静地听他把话说完。

"知道我现在想什么吗?呵,我看见了杭州,看见了雷峰塔、白云庵,看见了孤山脚下通往西泠桥的道路。那条路,积满了尘土和落叶,走上去像踩在棉花垛上一样柔软……"

苏堤不说话了,他阖起了眼睛,他的一缕魂,好像悠悠荡荡地正在一个个城市间赶来赶去。刘三犹豫着,自己是不是该轻轻地带上门走开了。

"我早岁披剃,立志把一生献给我佛,可尘世碌碌,学道无成,学诗也无成,现在想想,我这一辈子最对不住的还是那些冰清玉洁的女子。"

"你是说……百助姑娘?"

"哦,是的,还有她们、金凤、花雪南、真真、阿可、小如意……还有雪鸿,我记得在杭州和你说到过她的。"

"雪鸿,那个拿着一束曼陀罗花和含羞草来见你的西班牙女孩,你的老师庄湘的女儿?是的,你说过,你拒绝了她,她伤心欲绝,她回西班牙了是吗?"

"如果老天不是那么急地催着我走,我想写一本小说,把我生命中经历的这些女子的面容和她们说过的话都记载下来。时间会给她们的额头刻下皱纹,她们的红颜皓齿会在岁月的流逝中变换颜色,但在我的小说里在我的记忆中,她们永远停留在生命中最美丽的时刻。我要在这本小说中大声说出一直没有对她们中的任何一个说过的话,我要大声说,我爱你们,我的姐妹们!是你们引领我这污浊的肉身向着光明飞奔,如果上天能够容我再苟活几个月时间,我想,到了冬天我就可以写成这本小说了。我想好了这个小说的题目,叫'断鸿零燕',或者'三生花草'。"

他絮絮叨叨地说着的时候,刘三一直握着他的手。慢慢地,他的手变冷了,变得冰凉彻骨,像一条死去的鱼。下午四时,医生出来告诉病房外守候的人,苏堤停止了呼吸。

今 世

我本来是打算用手头的这些材料写一篇诗人的传记的,可是随着写作的推进,越来越偏离早先定好的这个方向了。我想写到这里,诗人停止了呼吸,这篇东西也应该画上句号了,因为时间也不允许我再无休止地拖下去。我刚刚告诉和我同居了两年的何青青,我已经辞掉了镇上那所中学的工作,过几天就要去上海了,我姐夫在他自己的建筑公司里已经为我留好了一个位置。我喜欢上海。

结束每天的写作,我都要喝点什么,吃几块饼干或者面包。我把窗拉开一条缝,好让烟雾吹散。半圆的月亮已经落下去了,楼群里的窗也大多暗了下去。我刚拉开一罐啤酒,突然听到背后躺在床上的何青青呼吸急促,不安地扭动着身子,嘴里还叽叽咕咕地喊着什么。

我给她盖好蹬开的被子,她突然醒了,眼睛睁得大大的,充满恐惧。她扑进我怀里,我说,你一定做噩梦了吧?她急促地、好像置身于一场热病中似的说:"我走在一条长长的走廊里,走廊的尽头亮着一盏灯,很亮很亮,灯下有一张雪白雪白的床,床上躺着一个死去的男人,我好奇地想去看看那人是谁,他身上盖着的白布突然被一阵风吹走了,我看见了他的面孔,不不,我看见的是你的面孔……"

我说:"真对不起,你好像受了我的胡思乱想的影响。"

何青青瞪大了眼睛:"这怎么可能?"

"是的,因为你向我说的那个梦,很像我刚刚写完放在这里的草稿。"

"你说你在写一个小说?"

"小说……唔,就算是小说吧,我想写一个诗人,他非常爱他遭遇到的那些女人,她们也爱他。可是他强迫自己离开了她们。"

"他还活着吗?"

"不,八十年前他就死了,死后葬在西湖边,孤山脚下的西泠桥下。"

何青青说:"你这样一说我更害怕了,明天我们去镇东的七磊寺,去卜个吉凶吧,听说那里有个六指头陀,神得很,如果不去,我心里头总不踏实。"我笑话她太迷信了。何青青说:"没有这个梦,在你动身去上海前也是应该去的,问问你的前程,并问问我们的将来。"

想不到第二天是个微雨的天气。七磊寺离镇子七八里远,还要翻过一道小山坡,山路让雨水泡得发了软,我们自行车的前后轮都裹满了泥,两人累得气急,才赶到那个破败的小寺庙。

何青青跪在蒲团上很虔敬地叩拜,一边嘴里还念念有词,鬼知道她在许什么愿。完了她还要我也跪着,向上面黑咕隆咚看不清面相的佛像行礼。拜完了,住持过来给了我一只黑漆漆的竹筒子,我抖了抖,一支竹签啪地掉落地上。

住持口宣佛号,问占什么。我看见他左手小手指边上长了一个骈指。

何青青抢着说:"就问前程吧。"

他定定地看着我。他的眼里好像有一股说不清的力量,吸引着我也看着他的眼睛。就在这时,他缓缓开口道:"春楼风中雨过墙,我心向天几度香。"那一瞬间,屋顶和寺外的雨声消失了,身边的何青青消失了,那两潭不见底的深邃里就像翻卷着无数时间的烟云。我想要么是幻觉,要么就是我灵魂出窍了。何青青扯扯我,他拗里拗口地都说了些什么呀?我一定神,他的眼里又像石头一样宁静了。

三天后,我一个人悄无声息地爬上了去上海的火车,临走没有跟任何一个人打一声招呼。很多个日子后,何青青写来一封信,对我的不辞而别还是耿耿于怀。信里说,既知今日,何必当初,当初你为什么要跟我好呢?

一桩凶杀案

一个星期天的早晨,音像出租店老板马丁被人发现死在他自己的店里。当时的情形是这样的:附近兰江新村的一个小青年来店里还碟片,发现店门没开,卷闸门还没有拉起,他以为马丁睡过头了还没有起来,因为过去也经常有这样的情况,他使劲拍打着,卷闸门发出轰轰的声响,响了一会儿后,小青年发出一声像女人一样的尖叫,叫声引来了附近吃早点和匆匆忙忙赶去上班的人们。血!血!小青年像发癔症一般,嘴里只会发出这个声音了。人们的视线落在了卷闸门下面一摊已经干了的暗红血迹上,空气中嗡的一声,起了一阵小小的兴奋和骚动。忙乱中,说不清是谁叫来了附近一个烧钣金的焊工,蓝色的火苗舔着卷闸门的下摆,一会儿,门锁就脱落了,门嘎嘎地上升,凶案现场残酷的一幕就这样暴露在八月早晨的阳光下。

现场惨不忍睹,死者的头几乎被砸扁了,像一个烂西红柿。奇怪的是死者还保持着悠闲的坐姿,两手交叉抱在膝前,好像正在为电视中的某个镜头入迷。门口的已经干了的血渍就是从电视机柜前像一条蛇一样游过去的。电视机柜下格放像机上的指示灯还一跳一跳地亮着,可盒带舱里空空如也。唯一的线索是死者脚边的那柄沾有石灰浆的榔头(一头分叉可以起钉子的那种木工榔头),石灰的颜色还很新鲜,好像是从一个刚做过粉刷的地方拿来的。可以肯定就是它一下要了音像店老板的命,凶手可能在慌乱中忘了带走。

这是我警官学校毕业分到这个街区派出所后的第一桩命案,也是我警官生涯中接手的第一个案子。上面的领导很重视,责成我们抓住凶手尽快破案,所长老杨也来了劲,案发当天晚上就亲自挂帅成立了"8·13"专案组,组员一个是我,另一个是吕威,因为大学里学的历史专业不对口,刚刚批下三级警司。我们的所长已经在这个位子上坐了十来年,一些比他资历浅的现在都在领导他了,我们自然十分理解他迅速结案的心情。同时我们也认为,所长这样雷厉风行一改他平时慢悠悠的脾性,是出于对犯罪分子嚣张气焰的极端气愤和对广大人民群众生命财产安全负责的精神。我们的所长有一句有名的口头禅,他对那些小偷小摸进来的人第一句总是凶巴巴的"一见你我眼里就出血"。在专案组成立的会议上,所长分析了我们面临的严峻形势:"现在的形势明摆在我们面前,我们不能指望犯罪分子会良心发现主动出来自首,我们也不能指望有哪个人看见了凶杀现场,会不怕麻烦出来指证。因为在我们国家,大多数人都是奉行各人自扫门前雪、多一事不如少一事的。现在的情形是,我们只能依靠唯一的线索,依靠现场那柄带血带石灰的榔头,凭借现场的蛛丝马迹来找出隐藏的凶手。"

说来惭愧,我到这个街区快一年了,对音像店老板马丁,这个老是阴郁着脸的中年男人所知甚少。我哗哗地翻着卷宗,发现去年的扫黄打非中,他曾因出租盗版、淫秽光盘和录像带被停过业。但吕威说这也没有多大用处,搞这一行的有几个规规矩矩?在死者的店里,我们发现了一张名单,死者把租片人的名字和工作单位都记录在上面。

接下来的几天里,陆续有人走进我们所里,交代在这个店里租过淫秽碟片和录像带的事。他们大多是一些有公职的人。他们说,知道你们总有一天会去我们单位的,作为一个国家公务员、人民的公仆,业余时间看看这些黄色的东西虽然无伤大雅,但毕竟是不健康的,甚至是病态的,所以希望你们千万不要让单位知道这件事。至于和死者的关系,他们也坦言那只是一种货主和买主的关系,纯粹是一种钱货交易(虽然这交易不够光明一点),他的死,和他们是一点关系也没有的。他们进来的时候,一般都是有点猥琐、害羞、低三下四的,但当他们被我们所长拍着肩膀送走的时候,都拍着胸脯像模像样像个有水平的领导了。

所长说,怎么我看他们每个人都有点像凶手呢,可没有证据,我又一个也不好得罪。我说,在找出真正的凶手前,当然不能排除他们中的任何一个。"不行,不行。"我不知道他在说什么不行。所长说:"这样下去不行,我们的办案时间都被这些无聊的家伙浪费了,连犯罪分子都要笑话我们无能了,我们得打一场麻雀战。"我不懂,问什么是麻雀战。所长高深莫测地笑笑。等他出去了,吕威说:"这你就不懂了吧,从前灭四害,打麻雀是全民动员,老老少少都打着铜锣张着网上阵,这样麻雀一惊一怕的连个落脚的地方都没有,飞着飞着飞累了就会自动落下来。"我恍然大悟,"你是说所长也要来个全民皆兵?""差不多吧,我看你现在变得聪明起来了。"我在桌下踢了他一脚,到底是小司了,麻雀战也懂。自从他升任三级警司后,我就叫他"小司"了。

悬赏找线索的告示贴在了我们所的大门外,电视台也播了几次。案情在第三天突然有了进展。一个捡破烂的中年妇女用尼龙纸包着一大包烧成灰的东西来领赏金,说是在附近一所中学的垃圾箱里发现的,她一口咬定是犯罪分子烧掉的罪证。她对赏金的热切渴望使我们的所长认定了她是一个骗子,老实不客气地把她轰了出去。到了快下班的时候,前面说到的那所中学的校长的女儿突然跑来,泪流满面地说这事是她干的,是她杀死了马丁。因为前者在她去借CD片的时候放黄色录像猥亵她,并企图强暴她。我们面面相觑,因为结局来得太快了,这也实在太出乎我们的意料了。吕威打开笔录,想记下点什么,但中学校长的女儿除了掩面哭泣,再也没有一句话是完整的。吕威拿笔笃笃敲着桌子,问:"那盘录像带呢,你说的那盘黄色录像带在哪儿?"

所长看中学校长的女儿再让我们问下去会有休克的危险,命令我们马上停止,放人。他笑我和吕威:"你们真会开玩笑,谋杀应该是一个很有力气并且有点解剖学知识的人干的,不然不可能一榔头下去就致命。她一个姑娘,显然不可能具备这一点,而且如果她这么做了,也不会匆匆忙忙跑来自首的,白痴才会这样干,可笑你们竟对她编的这个故事信以为真。"

吕威不同意:"任何东西都是证据,都是可以用来作为证据的,在你有机会使用它们之前,你怎么知道它是有用还是没用呢?"

所长拍桌子了,我们的所长在遇到有人顶撞的时候最爱拍桌子。他像一颗爆竹一样蹦了起来,手指点着吕威和我:"放人,马上放人!你们是所长还是我是所长?我们的时间是很宝贵的,我们再也不能把宝贵的时间浪费在这些无聊的事上了!"

中学校长的女儿叫小芸。我们的所长把哭成泪人儿的小芸姑娘送了出去。这时,吕威在一张纸上画了一幅草图,说:"你看,这是中学操场的围墙,这是音像出租店,事实上,这个店的北墙就是围墙的一部分,如果走墙外的马路,从这个店到中学大门要走十来分钟,但从这个店朝北的窗口看出去,隔着一大片操场上的草坪,到中学的教学大楼才一箭之遥。还有,你注意到了吗?中学操场的围墙是新粉刷的,这种石灰涂料,和那把凶器上残留的一模一样。"我说:"难道你真的认为是小芸姑娘杀了马丁?"吕威说:"她自己就是这么说的。"我叫了起来:"可她只是一个女孩子,一个看起来那么文弱的女孩子!"吕威说:"激动什么,你没看到音像店的门是从里面关着的?凶手不可能杀了人后又从容不迫地关了门再离开,所以我认定,凶手是从那所中学里过来,翻过朝北的这个窗口入室的,然后又顺原路离开。"他重重地一砸,桌上的草图飞了起来。"我真不懂老杨怎么想的,那个女孩身上的疑点太多了,她即便不是凶手,肯定也和凶手有某种关系,他倒好,做起了护花使者!"

我同意吕威的分析,凶手是从中学的方向过来的,跟学校肯定有某种关系,没准就住在那所中学里。但他对小芸姑娘的怀疑却受到了我和所长的取笑。争论的结果,就是我们想起了她的男朋友是第四医院的一个外科医生。外科医生进入我们的视野,让我们大有柳暗花明又一村之感。一个外科医生要在头部找到要害,并像敲碎一颗核桃一样来上致命的一击,这大概不会是什么难事。想到这一点我们就像在一次长跑比赛中看到了遥遥在望的终点。并且我们从第四医院间接了解到,每个周末,外科医生都不在医院单身宿舍里过夜,他在中学里和女友住在一起。而星期六的晚上,我们知道,那正是案发的晚上。

当天夜里,据气象台的记录,在 11 点到 1 点之间有一场雷雨过境,降水幅度自东向西 5 到 7 毫米不等。当我和吕威找到中学那个半聋的门卫兼花工,他说魏东风(那个外科医生叫魏东风)那天早晨的鞋子的确很脏,因为他看到小芸姑娘在水龙头下洗他的皮鞋。一双鞋子,如果不是在下雨天的晚上弄湿了、弄脏了,为什么要去洗呢?

我提议马上拘捕魏东风:"狐狸尾巴已经露出来了,他弄脏了鞋子,这证明他在半夜11点到1点中间的某一段时间出去过,而这个时间,法医已经鉴定了,正是凶案发生的时间,他出去干什么,这还用得着解释吗?"说得所长也跃跃欲试起来:"小赵说得对,他的鞋弄上了泥,这是一个十分重要的线索,据此一点我们不妨作作推论,是魏东风杀死了马丁,这样小芸姑娘为什么突然跑来也可以解释通了,她谎称自己是凶手是为了保护魏东风,她的男朋友!但魏东风为什么要这么做呢?他杀人的动机是什么?是为钱,为女人,还是别的什么?"我们的所长双眼放光,像午夜时分发现了目标的猫。他说,找出他的动机,找出是什么使他萌发杀机,这对我们太重要了。

所长让我和他一起去一趟中学,找小芸姑娘核实一下情况。吕威说要去凶案现场再看看,没有一起去。校长家在中学里,教学大楼旁一排两层楼房最东面的两间,大通间,中间隔了布帘,屋角堆放着一些乐器,墙面大概是渗水的缘故,有一些霉点和水渍。校长瘦高个,脑门早谢了顶,一副未老先衰的模样。我们去时他正坐在窗前备教案。他知道了我们的来意,几乎可以说是有点过分热情,手忙脚乱地泡茶、递烟,让我们坐在黑乎乎的沙发上。"你们来找小芸,说实话,我也不知道她去哪里了,大前天她和我吵了一架,说是为结婚的事要拿一笔钱,她结婚要买的都差不多了,要这一大笔钱干什么?我说只要说出拿钱干什么我就给,她没说。你说我好给吗?我没给,她就摔门出去了,后来就听说去了你们那儿。唉,这杀人的事,怎么好当儿戏乱说。那个晚上她吵得我头疼,吃了好几颗安定都睡不着,她去杀人?笑话!她不是故意气我吧?这丫头,自从她母亲去世了之后没人管束,是越来越不成样子了。"正说着,一个年轻人急匆匆走了进来,脸色白皙,戴一副无框超薄镜片的眼镜,看到我们坐着,他的眼里掠过了一丝吃惊的神色。老杨和我都注意到了他这瞬间脸色的变化。老杨问:"他就是魏东风吧?"校长说:"是,小芸的男朋友。"老杨说:"校长,你不介意我们跟他谈谈吧?"校长说随便,但人还是没动。我说:"那就请你回避一下,我们大概需要半小时左右。"

校长出去了,坐在我们面前的魏东风出乎意料地镇静,他好像早就知道我们会来找他。"你们是为那件案子找我?告诉你们,我没干,我怎么会去杀一个素不相识的人呢?"老杨的脸绷得紧紧的,我想他又要像在所里一样拍桌子了。但没有,他转而和颜悦色地说:"小魏同志你错了,我们不会放过一个坏人,我们也不会平白无故冤枉一个好人的,我现在只要你回答我一个问题,上周六的晚上你是不是住在这里?"魏东风回答得非常干脆:"没错,每周六我都住在这里。""那么,那天晚上你是不是出去过?""是的,我出去过。"老杨的眼睛闪闪发光:"出去干什么?""当然是有事出去的,怎么?我出去一下要报你们派出所备案吗?"我气坏了,这不是太嚣张了嘛!"魏东风你老实一点,你说的都将成为我们办案的证词,谁能证明你出去干什么事了?"魏东风轻蔑地白了我一眼:"当然有人证明了,我自己就可以证明没干什么见不得人的事。"我看看老杨,但他好像没有听到我们在争些什么。走到中学门口,校长赶了上来,他让我们千万海涵,别跟年轻人怄气。"现在的年轻人哪,都是铅丝提豆腐,拎不起的,唉,我这颗心都要操碎了。"可怜的校长又在叹气了。

回到所里,我问吕威在现场是不是又有了新的发现,吕威说:"先听听你们的。"我说:"那小子够狂的,他承认案发当天晚上出去了,但又拒绝回答干什么去了。""杨所长眼里没出血?"说着,吕威自己笑了起来。"没有,他说话非常卫生,有点不像他自己了,我真不明白,现在草也打了,蛇也惊了,他倒顾忌起什么来了,按我的脾气,早就把那小子铐来了,看他狂!"

吕威摇摇头,说:"这一回,所长这么做是对的。"

"凶手不是魏东风?"

"不是。"

"那是谁?是谁杀死了马丁?"

"现在还不知道。"

"嗨——"

吕威说:"你先别笑,我知道你们这些正规警校出来的,没有一个看得起我这个原来在中学教历史的,但我告诉你小赵,历史学和刑侦学的目的是一样的,都是为了发现事件的真相。"我说:"小司,咱俩谁跟谁呀,绕那么大圈子干什么?"吕威笑笑:"我是怕下面的话会吓着你。"

"那好,现在请你回忆一下,"吕威说,"音像店老板马丁死后发生的一些事,先是来了一些曾在他那儿借过毛片的,然后是一个捡垃圾的,后来又是校长的女儿跑来说是她杀了马丁。我们共同感兴趣的是,她为什么要撒谎呢?很显然,她是想包庇某个人。她要包庇谁呢?肯定是和她有着亲密关系的人,我们设想那个人不是她的父亲就是她的男朋友。或许在凶案发生的夜里,她注意到了发生在中学里的一件奇怪的事,她的男友,魏东风出去了,这就足以使她在事后对他产生怀疑。我们知道,他们快要结婚了,无疑她是十分爱他的,爱情的力量,或者说爱情的盲目使她这么干也是完全有可能的。

"但是我们想知道的是,真的是魏东风杀了马丁吗?小芸姑娘是真的看到了现场,还是只是一种怀疑?如果是怀疑的话,那或许是有根据的,因为他是一个外科医生,他懂得足够多的解剖学知识,他有力气,而且最重要的一点是,他在深夜瞒着人出去了。我们知道,第二天早晨,魏东风的鞋子弄脏了,这就说明他出去的时候正是那天晚上下雷雨的时候,如果这样的话,我们应该会在死者的店里,或者北窗的窗台上发现泥浆。但是我去看了现场,没有泥,一点也没有。你想一想,马丁死的时候是在一个什么位置?对,他坐着,面对着电视机,这样椅子的高背就护住了他的头,而且他坐的地方离北窗也有很长一段距离,这就排除了凶手直接从窗外伸手打碎他脑袋的可能。凶手要动手,就一定要越窗而入,趁其不备,悄悄地跳进去,再一榔头砸下去。那么,凶手是在窗外的时候就脱掉了鞋子吗?"

"不,不可能。"他摇摇头,"在这种情况下,最要紧的是速度,猛虎扑食一般的速度,他必须在马丁回头或者向后仰之前干掉他,如果不这样结束,现场就会有搏斗的迹象。因此,店里没有泥,就把外科医生魏东风排除了。"

"那么,魏东风为什么在半夜里出去呢?"

"这正是我感到疑惑的。"吕威说,"这个年轻的外科医生的确让人费思量,他去操场散步吗?我们设想那一晚他的心情的确很糟糕,他跟女友、跟未来的老丈人吵架了,或者碰上了别的烦心事,他要通过散步来放松自己,但有在一场雷雨中散步的人吗?那么,他去吸烟?这更没有必要了。他去会姑娘吗?整个校园里没有任何形迹。或者就像你说的,中学校长那段时间和他女儿、和他这位未来的女婿关系处得不太好,甚至还为钱的事吵了架,但他们是各自一间分开来住,况且,像中学校长这样有教养的人,不会在下雨的晚上把一个意见不合的年轻人赶出去不让他睡觉,你说是不是?那么,魏东风为什么出去?他出去后干了什么?这的确是一件奇怪的事。"

"那天夜里还有一件事发生了,对,就是那桩凶杀案。魏东风出去的时间和凶案发生的时间大致吻合,这使他一开始就处在了嫌疑者的角色,但他为什么拒绝说出去干什么呢?我分析,他是为了免得给某个人惹麻烦,几乎可以肯定,是有关凶杀案的麻烦。不是他自己,我们已经把他排除了。是另一个人。那么他是谁呢?也许是校长,也许是住在中学里的另一个男人,譬如说老花工,也许是外面的某个人,他潜入中学,翻过围墙上的北窗杀了人,然后又按原路离开。现在,我们假定这个人不是别人,是那所中学的校长。为什么假定是他而不是别人,这个我等一下再来回答你。他是怎么干的?很容易。半夜,他戴着手套走了出去,他没有走操场上的跑道,因为那儿的煤渣在非常寂静的夜里会发出沙沙的声音,他穿过操场上的草坪径直向南边走去,也就是向那个小店的北墙走去。然后他走到了围墙根下,他看到店里的窗口有电视的光亮,马丁在看电视,或者干别的什么。他攀上窗台。他不知道刷的粉还没干透吗?或许是不知道,这样,他的手套上就沾上了石灰浆,或许外衣上也沾上了石灰浆。然后他就举着榔头对准马丁的脑袋敲了下去,榔头陷进了马丁的脑壳里。是的,这里我漏说了外科医生魏东风,事实上魏东风是这场谋杀案的唯一一个目击者。半夜里,中学校长戴上手套溜出去时,碰巧让魏东风从窗口看见了,他看见校长鬼鬼祟祟地穿过操场,于是赶忙披上衣服也跟随了过去,要知道他是在跟踪一个人,所以不能靠太近了,以免被对方发现。我们可以设想,当他来到窗口看到店里的一幕,凶手已经走了,而马丁的脑袋也已经让榔头砸扁了。这时,雷雨突然袭来,惊慌失措的魏东风在雨中飞奔,所以操场上留下了魏东风非常杂乱的脚印。"

"那么凶手没有留下脚印吗?"我问。

"你这问题问得好。按理说,凶手进入马丁的房间是在下雨前,但当他得手后离开,这雨正好下起来,他应该会在回去的路上留下痕迹的。但也有一种情况会例外,那就是凶手非常熟悉环境,他尽可以踏着草坪走所有的路,哪怕是在漆黑的夜里也不留下痕迹,所以这个人既熟悉地形,又身手敏捷,胆大心细。魏东风做不到这一点,那个驼背花工也做不到,所以我这样猜测,是校长本人吗?

"你是不是想问我,马丁那么晚了还在干什么呢?他在看电视,不错,看起来是这样,但电视机的制式是在放像,屏幕是蓝的。只能断定,他是在看录像带,但那天早晨你也看到了,盒带舱里什么也没有。那么,是凶手带走了它?录像带里有什么秘密呢,让他在那么慌乱的情况下还要打开盒带舱取走?

"好的,我尽量不说得太快。我们已经说到他进入那个音像店。他干完了事就回去。他跳下窗台的时候,手套上沾上了更多的石灰浆,没准衣服上也有。这时,突然下起了雷雨,雨一会儿就把他淋湿了。为了不留下脚印,他在草坪上一跳一跳地走。他回到楼上,把手套和湿衣服放进了床下的桶里,当然还有那盘录像带。我肯定这一夜他没有睡好,他盘算着怎样把这些东西销毁掉。终于,天快亮的时候,他来到学校的垃圾箱里烧这些东西,手套、衣服,还有那盘录像带。"

"是的,是的,这真是一个绝妙的侦探故事,但我怎么能相信你说的这一切是真的呢?第一,我们能找到那副手套和衣服的灰烬吗?第二,那盘关键性的录像带里有些什么东西?"

吕威像变戏法一样从抽屉里拿出一个尼龙纸包,打开。我叫了起来:"这不是捡破烂的那个妇女送来的吗?"

"是的,老杨没给她赏金对她真是太不公平了。"吕威微微一笑,"那天夜里的一场雨帮了大忙,雨淋湿了地面,这些东西就没有烧透。你仔细看,这里大部分是字纸灰,还有一小片皮革余烬,最要紧的,你看这,一枚金属纽扣,上面有一家乡镇企业名字的英文缩写。那是一家专门定做校服的厂家,虽然它烧得发黑了,你好好想想,那所中学的校服用的是不是这种金属纽扣?"

"8·13"杀人案在第十五天水落石出,唯一的遗憾是凶手没有抓获。凶手——你猜对了,他就是那所中学的校长——自杀了。绝望中他吞下了满满一瓶安定。常年来他一直靠这东西打发失眠的夜晚,现在,大剂量的药物使他彻底睡着了。

电视台、报社的记者来了一拨又一拨,我们这个街区的派出所现在出名了。所长老杨经常被请去做一场又一场的报告,报告中老杨把自己描绘成了一个中国的福尔摩斯。倒霉的是吕威,吕威陷入了无尽的烦恼之中,因为据老杨说,凶手,也就是中学校长,是在吕威找他谈过一次话后服药自尽的。吕威受到了上面领导的严厉指责,因为他急功冒进,目无纪律,擅自找犯罪嫌疑人谈话(虽然谁也没有听到他们谈了些什么),让凶手看出了案子侦查的方向,从而给了他一个机会自杀,逃脱了法律的制裁。但吕威说,那次谈话的内容与案子并没有直接的关系,他们主要讨论的还是历史学的几个问题,因为中学校长教的是世界历史,这正是吕威从前在大学里的专业。他说他只是在谈话快结束的时候说到了那家专门生产校服的乡镇企业,说到了那种金属纽扣的质量问题,顺便观察了一下校长的反应。但没有谁相信吕威会去跟一个杀人凶手讨论历史。吕威被勒令停职检查。都是一个所里办案的人,一边风风光光,一边却冷冷清清,这巨大的反差让我心里迷茫。

中学校长留下了一封遗书。现在,这封遗书正被老杨四处带着在各种各样的报告会上朗读。因为文笔简练生动,又牵涉到校长的个人隐私,它的受欢迎程度是很容易想象的。遗书是在中学校长的起居室发现的,发现时他已被拉去火葬场烧了。信封上用毛笔小楷端端正正写着"交吕威同志",显见他在考虑把这封信交到谁手里时很花了一番工夫。我想他说的如果是真的,那倒真是一个有点意思的故事。

校长在信中说,死去的马丁是一个敲诈犯,几年以来他一直在敲诈校长,他威胁说手头有证明校长死去的妻子前几年跟人私通的材料,这些东西可以说明,校长现在的女儿不是他亲生的,如果他的要求不被满足,他就要公布这些丑闻。马丁开的这个音像店,租的就是中学的房子,但他一直有恃无恐没有付过租金,校长怕事情闹大,一直都帮他垫付。几年来,他已经把校长有限的一些私人财产诈得差不多了。而在凶案发生的前一天,他还勒索一笔数目较大的钱,而这笔钱,校长是打算用在女儿的婚事上的。校长下决心要了结这件事。于是星期六的深夜,他戴上手套,一个人轻手轻脚下了楼,他知道,那么炎热的夜晚,音像店的北窗就是马丁睡觉了也是开着的。接下来发生的,跟吕威分析的出入不大。信的结尾,校长突然提到了那盘消失了的录像带,他说,以前他从来不知道是谁勾引他的妻子,但这个男人在半夜时分独自欣赏的这盘录像带,告诉了他事情的真相,正是知道真相后极端的吃惊和愤怒,才使他下决心把那柄榔头砸进了那个家伙的脑袋。

这桩案子到这里似乎应该画一个句号了。我们的所长老杨,已经提到分局当副局长了,新来的所长是原来分局里的一个小秘书。吕威的检查交了上去,上头也通过了,但是让他换岗到另一个街区去当户籍警。我们又管户籍警叫片儿警,片儿,片儿,嘴唇轻轻一碰张开,再翘一下舌头,给人的感觉真的像一张纸片一样轻。我们都觉得很不公平。

你肯定想知道现在的吕威怎么样了,告诉你,他没去当片儿警,他现在是那所中学的历史教师,顶那个死了的校长的缺。那次上头的调离通知下来,他请我喝了一回酒。酒喝到一半,我的眼里就流出了泪水。是的,我这人就是这么没出息,在和吕威分手的时候流泪了。我说:"以后再也没人叫你小司了。"吕威说:"叫什么还不是一样,我还是那个吕威。"我举起杯和他碰了一下,这倒也是。吕威说:"刑侦学和我以前的专业历史学一样,都是以揭示事件真相为目的,要发现真相都会受到阻力和干扰,这干扰有外来的,比如歪曲真相、遮掩真相,但更大的问题还是出在我们自己身上。"我说:"吕威拜托了,别谈玄的,一谈这个我就头晕。"吕威像一阵烟一样从座位上升了起来,他大声说:"我不去当什么片儿,我还是回头去当中学教师。"话说着,他已飘到了门外。我忘了起来,店里的人都看见了我那副模样,嘴张得老大,像一条忘了呼吸的鱼。

纸 镜 子

我的哥哥赵临安是个作家,最近他正在写一部关于我们祖先的小说。在这篇题为"纸镜子"的小说里,他说我们的祖先赵考古因时运不济,屡试不第,在万历十四年离开家乡,来到贸县海边的一个小村大篙村设馆授徒,后来与女扮男装的门下弟子邱淑真相爱,双双逃离大篙村。我说这纯粹是瞎编,与史实一点儿也不符。众所周知,我们的祖先赵考古是明朝天启三年的进士,在海南琼崖县做知县,他怎么会出现在地处东部的贸县那个海边小村呢?赵临安笑话我不懂小说,他说小说的真实不等于生活的真实。我说:"既然你这个小说写的是赵考古这个人,就要以历史事实为依据,你歪曲了我们祖先的本来面目,怎么还说我不懂小说呢?"赵临安说:"你说的不就是族谱上记载的东西吗?你怎么能断定这些东西都是真的?"我说,一般,人们都相信这些流传下来的文字是真实的。赵临安叫了起来,"有谁真的见过赵考古?你没有见过他,怎么断定我们不是他跟那个姓邱的小姐的后代呢?"我说:"照你这么说,就不要历史了?"赵临安说,历史是要的,但历史的写法各不相同,为什么不能用写小说的方法来写历史呢?"我将想象的写在纸上,我写出了它们,你就会相信它们是真的。"

在这个小说里,赵临安还写到,有一次,他为了核实小说写到的地名,趁一次出差到贸县的机会顺便去造访了大篙(这时的大篙已经是一个以旅游观光出名的东部小镇了)。他说,到了那个地方,看了那里的河流、房屋,听到那儿的人说话的口音,他感到一种说不出的亲近,好像自己几百年前就生活在这个地方似的。(读到这里,我想小说家实在都是一些很矫情的家伙。)更让我不能容忍的是,他说他一进大篙镇,那里的人似乎都跟他很熟,老远地就招呼他,他们喊他,喊的却是我那个祖先赵考古的名字。

这怎么可能?我又提出了疑问。这一回赵临安没有争辩,他笑嘻嘻地看着我,说:"我发现你是抱着很大的成见在读这个小说,你把所有的疑问放到最后读完了这个小说再向我提吧。不过这件事你既然现在提出来了,我就告诉你,这是一件千真万确的事,它就发生在夏天,我写这个小说的那段时间。"

赵临安说,今年夏天,他应贸县文联的邀请,赴贸县做过一次关于小说创作的讲座。他说,讲座是在文化宫的一个俱乐部里举行的,那天在那儿同时还有一个人在讲证券知识。赵临安说,那天下午来听他讲小说的寥寥无几,听了也没有什么反应。坐在下面的那些人里,几乎找不出一个稍有姿色的女孩子,而隔壁一个讲证券的会堂里,进进出出的都是一些很帅的小伙儿和漂亮的女孩儿,会场气氛热烈,还不时响起伴随着尖叫、跺脚、拍掌的大笑。那边的热闹和这边的冷清形成了鲜明的对比,一阵阵的笑声好像是在嘲讽我。"在这么一个地方谈小说,我觉得自己实在是傻瓜一个。"赵临安指着脑袋对我说,"如果不是我这里出了问题,就是他们都出了毛病,你怎么也想象不出,我是怎样硬着头皮讲完的。"

赵临安继续说:"结束讲座,还只有三点多钟,我住进了他们安排的贸城饭店。一开房门,我就迫不及待地冲进了卫生间,肚子痛得厉害,可能是中午吃多了海鲜的缘故。房间里找不出什么读物,就一张《贸县日报》。我翻着报纸,突然一行黑体标题跳了出来:'大篙镇发挥资源优势加快旅游产业化进程'。这则消息之所以引起我的注意,原因不说你也知道了,是因为大篙这个地名。我正在写的小说《纸镜子》的主人公,四百年前我们的祖先赵考古,就曾经生活在这个地方。在小说里我不止一次想象过的地方,想不到现在就在眼皮子底下。而且我知道,大篙离县城也就半小时的车程。这样,当我走出卫生间,就打定了主意去大篙走一趟。我估算,一来一去,再加上在那儿逛个把小时,回到这儿正好赶上晚饭。

"车子在驶向大篙的途中遇到了一场雨。这场雨来得很急,事先一点儿没有预兆。豆大的雨点打得车窗啪啪作响,四下的田野白茫茫一片,几乎什么也看不见。车子开亮了前灯,继续在雨中行驶,就像在风雨大作的海上漂啊漂。同车的人一点儿也不惊慌,他们说,夏天,海边经常下这样的大雨,一会儿就会停的。果然,车到大篙,天上又出起了太阳。奇怪的是大篙的街道干干的,一点也不像下过雨的样子。"

从赵临安的叙述里,我看见了这个海边小镇:咸涩的海风打着唿哨,在一幢幢漂亮的贴着白色小方砖的商品楼之间蹿来蹿去。街道很整洁,盛夏季节也没多少游人,边上的行道树还没人高,看样子才刚种上去。这是一个新兴的海滨小镇,它的历史至多不会超过三年。以一条河为界,河那边是老镇,灰灰的屋脊、旧墙门、老树,和破败的老街,一些闲散得几乎生活在时间之外的人在街角走来走去。从他们斜拉在地上的影子来看,赵临安断定时间是下午四点左右。临河的一溜平屋里走出人来,扛着桌子、凳子、煤气灶,纷纷在河边支起了尼龙袋拼成的篷子,张罗开了海鲜小吃摊。就在这条长长的小吃街上,赵临安出现了,形迹可疑,东张西望,在每一个小吃摊前都要停上好一会儿,他这模样既像个好奇的旅行者(但他光着双手),又像是东嗅西闻的小报记者。他走来的方向正对着西斜的太阳,光线的缘故,他的脸上凹凸着一块块的明暗。赵临安说,他就是走在河边的这条小吃街上时突然感到心被什么撞了一下,眼里滚出了泪花。他看着波光跳跃的小河,看着这充满着油烟味和鱼腥味的老街:一个中年男人在河边磨刀,霍霍霍,石头已经让刀刃吃出了一个月牙;那一边,一个妇人蹲着在洗一条剖开了的鱼,她俯身下去,胸前的两只白晃晃的奶好像要跳出来;还有一个老头,敞着怀,坐在树荫下,喝一口酒,闭一会儿眼,悠闲自得的样子。赵临安心里呻吟了一下,里头好像有一枚刺缓缓转动着,他对自己说,这一切为什么这么眼熟呢?就像昨天刚刚来过,就像一辈子就住在这里,厮混在这群街坊们中间一样。赵临安接下来的描述辞藻繁缛,就像一篇时下报纸上流行的散文:

这时,西沉的太阳正放射着最强烈的光,它就像一个注定失败的勇士在最后一刻突然爆发出惊人的力气,变得像刚出炉的钢汁一样灼目。阳光跳跃在河面上像一只只金色的旋转的酒盅,阳光照耀着街角的古槐树,上面的叶片像一只只振翅欲飞的金色小鸟。是的,整个旧镇是金黄金黄的,井口、石阶、草垛、烟囱,甚至跑过的狗都是黄灿灿的。那些人也是,他们的脸泛着黄铜的光泽。整个的画面就像是一张年头已久远的照片发了黄,但它又没有那么昏暝、模糊,这里的光线是明亮的,几乎透明的。

赵临安说,当他快要走到这条街的尽头,开始有一些人三三两两地招呼他。我插嘴说,那是开小吃摊的招徕顾客,他们都是人来熟,不认识的也可以哥哥大爷地叫得很亲热。但赵临安坚持说这些人好像都认得他,听他们的口气不像在拉客,再说招呼他的不全是开店的,不可能人人都来拉他的生意。"他们不光认得我,而且看到我出现很吃惊,"赵临安说,"他们的口气都一个腔调,他们问我的第一句话几乎都是这样的:'你又回来啦?'还有一些人在我走过去后对着我的背影指指戳戳,我没法听清他们在说些什么。"

作家赵临安有一阵子感到了强烈的虚无,他觉得走入了自己想象出来的世界。他在想象中创造了这条老街和街上的人们,现在,这条街上的生活(它就像一面镜子)映照出了他内心的惶惑。这不是没有可能的。他怔怔地立在当街,想着,现实和想象哪一个是真的。他还努力地回忆,自己到底什么时候来过这里。他越是回忆,大脑里越是空白。最后他故作轻松地对自己说,他们可能是认错人了,把我认作了另一个相貌相像的人。但另一个人,那个相貌和自己相似(酷似)的人是谁呢?他突然感到一阵晕眩。

赵临安抬头看天,突然感到有点异样。那一轮白花花的大太阳,不知什么时候竟不见了。西边的天空没有云,它不可能被云遮住的。原本悬着太阳的那个地方,好像有一张巨大的吸墨纸,把所有的光线都吸了去。再看看旁边,树木、房屋和人都变得影影绰绰的,好像黑夜一下子提前降临了。再接下去,他看见镇上的人们都和自己一样,抬头看着天,有的还戴着墨镜,举着涂黑了的毛玻璃。哦,是日食。他对自己说。他奇怪自己怎么从来没有听说今天会有一次日食。现在唯一的解释是,当他踏上此地,时间有它自己的秩序,这里会发生些什么外界没法猜测。

他在黄昏般的昏暗中走进了路边的一家小酒店。

赵临安的叙述里出现的那个小酒店,我可以想象它的模样,它们一般都临着街,门面逼仄,而且肮脏,里面很暗。他一掀开竹帘进去,酒保就点头哈腰地迎上来,问他要什么。他其实只是渴得厉害,想讨一点水喝,但酒保一脸的期待让他很难开口。酒保突然拍了一下自己的脑门子,"哎呀"了一声,说:"我该死,我怎么可以忘了赵先生你每次只喝糯米清酒的呢。"他朝着内间扯着嗓子喊:"一碗糯米清酒,一盘凤翅!"酒菜很快端将上来,赵临安喝了一大口,好像吞进了一只火球,身体里火辣辣地烧灼起来。他拼命地咳嗽,背都弓了,四下里响起了窃窃嘎嘎的笑声。原来那些暗不溜秋的地方,坐的都是酒客。

一个脸上有刀疤的酒客拍拍他的肩,挤着眼说:"赵考古你好功夫,说是来教书的,带着我们大篙最漂亮的妞儿跑了,这大半年的,你们在哪里做神仙夫妻?"

还有一个面相猥琐的,从墙角摇摇晃晃凑过来,一张嘴就是呛人的大蒜味和酒臭:"怎么样,邱小姐不错吧,听说你把她肚子都闹大了?真有你的,兄弟佩服,佩服!"

这当儿,黑暗里跳出来一个声音:"他拐跑了邱家的小姐,害得老太爷两腿一蹬归了西天,还好意思和我们坐在一起喝酒,我们要不要揍他?"

"揍他!揍他!揍他!"

"不,拿酒灌他,一定要把他灌倒!"

酒顺着他的嘴巴流下来,胸口全湿了。他两手护着脸,蹲在地上,喊:"放开我!你们一定搞错了,我不是赵考古,我不是你们说的那个人!"

他的舌头好像大了一圈儿。他自己都没听清在喊什么。他倒下了,身下全是吃剩食物的残渣。那些人拍着手喊:"他醉了,醉了!"

> 真真,我的欲念之火,我生命中的灵光,我的爱。在你十六岁之前大宅院的生活中,你是邱淑真,是邱老太爷的掌上明珠,是下人们口里的大小姐。但当你拿着素花描金小笺上的一卷诗第一次出现在我面前,你是我唯一的真,真——真。

赵临安这个叫"纸镜子"的小说是以这样一种奇怪的方式开头的。在小说的前面两大张纸里,他一直用第一人称的方式,疯疯癫癫地叙说着主人公赵考古对邱小姐的爱情。同时在纸上出现的还有春天到来时的景色描绘,教馆里凄清苦闷生活的描绘,和每次赴考落榜后的绝望心情。字里行间充满着一个不得志的士子对社会的不满,对未来不切实际的幻想,和对女性近乎病态的迷恋。

小说写到落第士子赵考古与邱淑真的第一次见面,有一种陈腐气息的浪漫。赵来到大篙教书,像一个真正的名士一样倨傲,他有一个习惯,每天给童子们散了学,就一个人来到海边,像一个疯子一样念念有词。后来,邱出现了。邱是大户人家的小姐,这里乡风淳朴,但一个女孩子家是断然不好与陌生人交往的,于是她扮成了一个俊俏的后生。邱是携着一卷诗稿来找赵切磋诗艺的,照她自己的说法是来拜师。但那卷素花描金小笺差点儿暴露了邱真正的身份,幸好赵没有注意,只是以为这是一个有点儿脂粉气的男人。

在小说篇幅过半时,邱表明了自己真正的身份。这时他们已经撮土为香,义结金兰,彼此以兄弟相称。可以想象赵在最初得知这一消息时的惊愕、惊喜。邱小姐还填了一首《钗头凤》表明了自己非君不嫁的决心。随后情节的转折也在我们料想之中,他们遇到了顽固的邱的父亲的坚决反对。这个以吝啬出名的乡绅认为把女儿许给一个穷教书的,实在是辱没了门庭。在幽会、偷欢、要挟、寻死觅活、鸡犬不宁后,这一对为爱情疯狂的男女终于在一个大雪的晚上双双逃离了大篙村。他们逃亡的路线先是向南,南边是赵考古的老家,然后在快要接近时突然折向西行。之所以这样,小说隐隐约约写道,是因为赵考古担心邱家一得知消息就会找到他老家要人。为避耳目,他们昼伏夜行,终于在杭州湾边一个叫临山卫的地方,找到一个废弃的砖窑暂时安顿下来。这时已经是春暖花开的三月了。河面上再也没有了丝丝缕缕的薄冰,路边的野花也已在招蜂引蝶。小说竭力渲染他们在破窑里生活的欢乐气氛,把布衣粗食的日子描绘得像世外仙境一样,叙事在这里显得跳跃而又明快。但好景不长,照赵临安在小说里写的,终止他们这一时期生活的,是倭寇一次大规模的入侵烧掠。倭寇放火烧毁了整个村子,他们躲在窑外的草丛中,才捡得了性命,但邱淑真从家里带出来的一点儿首饰和用剩的银两被洗劫一空。

这时的邱淑真已经有了身孕。吃了那么多苦,这个打小起就娇生惯养的大户人家的小姐变得蓬头垢面,跟一个农妇差不多。她腆着一天比一天大起来的肚子,跟着赵考古过着那种动荡不安的日子。要命的是,破窑洞里的那段生活使她得了严重的风湿,发作时几乎走不了路。有时,赵考古看着她臃肿不堪的身体和虚胖的脸,会为自己和她厮守在一起而觉得荒唐,甚至会生出逃离她的念头。每当这样的念头闪过,他就在心里骂自己是个畜生,是个没情没义的卑鄙小人,在一种噬咬着内心的罪恶感中,他一遍遍地祈求神明的原谅。

为了挣几个小钱,赵考古做过割稻客,在鼓吹班里吹过唢呐,还做过装殓死人的活。随着邱淑真的肚子一天天大起来,他愈加为钱犯愁了。小说写道,邱淑真分娩的日子将近,他终于下定了决心去找邱老太爷。他把邱淑真安置在了一家客栈里,托客栈的嬷嬷照看,自己连夜向大篙村进发了。这时的叙事变得像一个热病患者的梦中谵语:

> 我已经走了七天了。这七天里,我的衣服和头发里全是尘土。现在我终于闻到了从大篙方向吹过来的大海的气息。我知道,顺着这咸涩的气味的指引,要不了两天我就可以到大篙了。大篙,那是我们的爱情生长的地方,那里有我的教馆,有跟我学诗的童子,大半年前我憎恶这地方,现在我却在马不停蹄地赶向那儿。人生就是这样一次次无奈的出逃与返回,细细想来,这整个的世界和人生充满着荒诞。马不停

蹄的忧伤啊,你能告诉我前面等着我的是什么?

这一天,我走入了一个黑树林。且慢,树林怎么会是黑的呢?那是因为暮色将至,整个天地都已被黑色的帷帐笼罩。但适才我还在树林外时,太阳还有一竿子高,难道那么几脚路时间一下子就到了晚上?头顶夜枭哇哇地叫,像夜啼的小孩。一株株树立得笔直,像晃动的人影,由于辨不清方向,我在树林里乱窜,脸让树枝划破了,汗水一渍,痛得钻心。我听到远处传来敲打铜锣和脸盆的声音,当当当,天狗吃太阳啦!——我循着声音的方向找去,可是它好像一只鸟一样扑棱棱地张着翅膀在树林子里飞,我累得直喘气也找不到树林的出口。我觉得我是在一只扎紧了口子的袋子里瞎忙活,再这样下去,出不去不说,我可能还要累死在里面。真真,那一刻我知道了什么是绝望,那是一只追赶着你的巨兽呀,你越是害怕,它越要逼近你。

真真,我从来没有比现在这个时刻更需要你,我念着你的名字,你的面容就像一盏光明的灯在我脑海中升起。我说,老天,难道我赵考古真的要葬身在这个黑树林里吗?如果不是,神灵啊,你就显灵,让我找到出口走出这个黑树林吧。如果我能活着走出去,我一定会跪在邱老爷的面前,求他原谅我们,求他收留我们,如果他不答应,我会一直跪下去,我会一遍遍地磕头,直到磕出血,如果他打我这边脸,我会把另一边的脸也转过去让他消气的。我不断地祈祷,以我们神圣爱情的名义,以我们还没有出世的孩子的名义。我的喉咙冒烟了,声音也越来越微弱。奇迹出现了!无边的黑暗像一缕烟似的消去了,我发现自己站在一个官道的岔口,西斜的阳光照在尘土飞扬的官道上,像涂上了一层黄灿灿的金箔。啊,真真,你不会知道那一刻我是多么狂喜,我流下了感恩的泪水,我们得救了!

大篙,久违了!你的河流、房屋、树木,你高高的土坎和灰色的墙院一次次在我逃亡时的梦境中出现。我走在大篙的土街上,海风吹来,我汗湿的身子都快成了一条咸鱼干。我实在是渴坏了,我多想喝一杯水酒或者吃一个西瓜,但我捂紧口袋里最后几枚小钱不舍得把它们用出去,那是我和真真的活命钱呀。我看到临街过去常去的一个小酒馆里,一伙酒客正揪住一个人,拿酒拼命灌他。他挣扎着,酒四溅开来,空气里的酒香像一条条小虫子钻来钻去。后来,他没命地吐了,软倒在桌子底下。这恶作剧,这狂欢的气氛我太熟悉了,在大箐教书的日子里,一年中有大半时日,我过的就是这种醉醒不分的生活。我突然发现,我还是喜欢这种平常的、有着很重的烟火气的生活的。这条街快到尽头,突然涌过来好多人。他们白衣白帽,举着白幡,哭声震天,不知哪一家死了人在出殡。长长的队伍走过我面前,那是一队沉默的面孔。突然人群中一个声音喊道:"就是他,气死了我家邱老爷,抓住他!揍死他!"那一队没有表情的面孔突然转向我,无数的眼睛像一把把锋利的刀子向我刺来。我像被他们撵着的一只狗,没命地跑起来,真真,我们完了,老天惩罚我们了,这就是我们一段孽缘造成的呀!我一边跑,一边止不住的眼泪像断线的珠子落进草丛里,我不知道是为死去的邱老爷哭,还是为我们暗淡无光的前景而哭。我就这样跑呀,跑呀,我现在只有一个念头,那就是快快回到你的身边,回到我们栖身的客栈。

可是……可是我看到的是什么呀?那幢高大的木头房子难道被一阵风吹走了吗?我的真真呢,客栈里的嬷嬷呢?难道我又走入了一个梦境?遍地的瓦砾堆里,那些烧焦的木头还在冒烟。我没命地跑过去,双手乱扒着,一边哭着喊:真真,我的真真呀!手指头流血了,露出了白森森的骨头,可是我一点儿也感觉不到痛。一定又是倭寇干的,这帮狗娘养的!我骂啊,哭啊,心里充满了仇恨,可又找不到落下去的地方,一双手只是在灰堆里扒呀,扒呀。

真真,我发誓,如果你死了,我也不活了,那个烧焦了的门框上挂一根绳子刚好合适。感谢上天,在我快要绝望的时候又把你送回到了我身边,我看到远远的土墙外走来了你们,你和嬷嬷,嬷嬷挽着你,你抱着我们刚出世的孩子,你那模样真像一株草一样纤弱。我没命地跑过来,我抱抱你,又抱抱我们的孩子,我都不知道抱哪一个好了。我的眼泪和鼻涕全都涂在了我们孩子红红的小脸上。

我虚构了赵临安这个家伙,让他来讲述这个故事,是基于这样一种考虑:今天写小说,再也不能像过去那样,让主人公信心十足地讲述自己的故事。这种老套的讲故事方法已经过时了。我找到了作家赵临安来做故事的叙述者,就把自己放到了读者的位置上去,这个位置无疑要安全得多。但现在,我发现赵临安在叙事的中途迷失了方向,当他把现实中的大篙之行写进故事,和小说主人公为了爱情的逃亡并置在一起,整个小说变得云山雾罩,讲故事者和小说里的人物有时好像是各行其道的两个人,有时又好像是行走在不同时空里的同一个人。现在该是我出场的时候了。

和虚构出来的赵临安一样,我也是一个小说家。只不过我不太赞同赵临安对小说的那种看法,他认为小说就是一个人叙述自己的想象,并且讲得像真的有那么回事一样。(我把想象的写在纸上,你就会相信它是真的。)我不这样,我依赖经验,就像一个哺乳期的女人离不开孩子一样。而且我可以告诉你,我写作这个小说的两个直接的来源:一是纳博科夫的中篇小说《吻》,一是光绪年间修的《余姚县志·乡贤篇》的"赵考古"条。我现在要续写这个小说,有一个现成的偷懒的方法,相信这一点你也看出来了,这个托名赵临安叙述的故事就像一棵树,它在往上长的时候形成了无数个新的生长点。我现在只需让那个在小酒馆里睡死过去的家伙醒来。如果我现在让赵考古和讲故事的人在时空的某一个点上相遇,让他们合二为一,相信你是能接受的,而且会认为这是一篇还不错的小说。但这样的小说不是我喜欢的那种(理由前面已经说了),这样的小说充其量只是一部二流之作。

我面临着一个选择,要么把这些纸揉烂了扔进字纸篓去,要么在一张白纸上重新开始讲这个故事。那么现在能做的只能是重起炉灶了。我拿一块橡皮擦,在纸上一点点地擦去赵临安,他脸上的五官,他的手、脚,他坐的车子,途中的大雨,一次次的争论;我还擦去了那个叫大篙的海滨小镇,那儿黄铜般的太阳,那儿的老街和人群,还有那儿发生的一次日食。最后剩在纸上的是四百年前赴试不中的赵考古,一次次的考场失意使他面色如灰,但他一双深凹的眼里燃烧着狂热和倔强的火焰。在纸页的翻动中,他垂着头,骑着一匹南方的小黑驴,正在赶往一个叫大篙的海边小村。天空低迷,秋风乱草,他生命中注定要出现的那个女子,此时还在数十里外的闺楼上绣一对戏水的鸳鸯。命运已经安排了她,要在三个月后的一个大雪之夜与一个教书的开始他们的逃亡之路。但她现在还不可能看得我那么远,那么清楚。她听到窗外有嗤嗤的声音,还以为谁在笑她的活儿做得不好呢。她撩开帘子,风吹过纸张,像一声叹息那样轻,吹开了她的红色帐帏。这时,我让那个骑驴的男子及时地出现在她的视野里……

那么谁是我,我又是谁呢?

一个雪夜的遭遇

船工阿福解下缆绳,长篙一撑,船就箭一般在水面上射了开去。这时,天已经阴沉下来,不远处的山峦上铅色的云层愈压愈低,西北风从水面上吹过来,把我那件玄色的大氅吹得呼啦作响。

"呀,下雪了。"阿福抬起头,惊讶地说。

是真的下雪了。现在下的还只是雪粒儿,像撒开去的盐粒,又白又密,落在水面上沙沙直响。要不了一会儿,就要下大了。

"少爷,我们还去觉渡山庄吗?"阿福吸溜了一下冻得通红的鼻子。

"去,既然出了门怎么不去?"

河道边,光秃秃的乌桕树上停着几只寒鸦,听到响动,它们都哇地飞向远处的屋舍。这样的鬼天气,江上连一条船也见不着了,那些船家大概都躲到屋里喝酒、赌博、抱女人去了。船头剖开水面。两岸的树木和村舍渐次往后移去,我自己也不知道,我是在进到一个精心设计好的故事里去。

进入冬天以来,我住的这地方老是下雨,一般我就很少出门了。城里那帮热爱诗歌和女人的朋友就时常赶来陪伴我打发时间。他们在我家的客厅里高声喧哗,一会儿谁得意忘形地朗诵诗作,一会儿谁又抱住一个歌伎狂吻乱摸弄出一阵阵的尖叫。说实话,我不太喜欢我那些被世人称为名士的朋友,因为他们虽然看起来都一本正经,但总给人一种全身透着假在演戏的感觉。比如说胖子袁竹,他的出名就在于他是一个酒虫,喝醉了就在当垆卖酒的老板娘身边睡得呼噜直响,谁也不知道他是在吃老板娘的豆腐还是真的醉了。更可笑的是那个叫嵇小康的,原来他根本不叫这个名字,因为特别崇拜前朝被皇帝斫了脑壳的大名士嵇康而改了这个名,还有事没事地在屋门口的树下开了一个铁匠铺子叮叮当当打铁(因为传说中的嵇康是一个铁匠)。我们有时去找他,这个冒牌的铁匠头也不抬,还煞有介事地说:"你们来是听到我什么了呀?你们现在又看到什么了呢?"让人听了牙根都要发酸。还有那些患有露阴癖的,成天在屋里不穿衣服光着屁股走来走去,那些吃丹药吃得通身发绿的……好了好了,不说这些了,总之他们虽然是我的朋友,是世人心目中比较有名气的一群人,但我一点也不喜欢他们的做派,可以说是从心底里看不起,因为在我看来他们都是浪得虚名之辈。

正因为这样,那个下午我一点也没有想到他们。我是一个正派青年。"你要记住你要做一个正派青年。"我父亲——忘了告诉你他是一个著名的书法家——就是这么说的。正派就是要有真才实学,要有用,所以我要趁年轻多读一点书,而不能像他们那样肚里没多少货硬要咋咋呼呼。那天下午西北风一直呼啸着,我睡了个午觉起来,看到风推着大团的云飞快地跑过天边,然后我喝了点热酒暖暖身子,翻开了我父亲要我读的《招隐诗》。这是好几百年前一个叫左思的人写的,里面的大概意思是说农村是一个广阔的大有可为的天地,这里有蟋蟀和鸟鸣,有在别处找不着的自由。我不知道为什么会一下子想到了戴安道。我仔细想了一下,原因可能有三个:第一,我现在是在用一个正派青年的标准严格要求自己,要努力让自己变成一个脱离低级趣味的人,变得博学一点有用一点,而戴安道正是这样一个高尚博学的人(而且还风雅);第二,那首诗是讲隐居的,戴安道就是一个隐士,他曾在京城做过一任小官,他曾经说做官是为了让父母高兴,让父母看到儿子出息了,其实是一点意思也没有的,所以当他有一天醒悟到自己是在为别人活着时,就把官印挂在梁上偷偷地跑回了剡溪边上的老家;第三,自从去年在觉渡山庄有过一次宴集,我的确有好久没见到他了。所以当侍仆把一封戴安道来的信札交到我手上的时候,我禁不住笑出了声来。

这封信的开头,照例是用一些我们这个时代流行的四六骈句描绘了冬天的景色,然后由自然界的一些物象引申出对朋友的思念,这是戴安道来信的惯常笔法。要不这样开头才奇怪了。信的后面出现了一个我第一次听说的名字,娇蕊。戴安道在信里说娇蕊如何如何的娇气,如何如何在他弹琴的时候一下一下地蹭他,不无炫耀的意思。我猜想娇蕊可能是他新买的一个歌伎,而且还有几分姿色,不然他老兄也不会这样得意地向我卖弄了。"王兄,你不想一夜之间扬名天下吗?"在信的末尾,戴安道突然显得神秘兮兮的。"我有一个绝妙的办法,能使你一夜成名,天下无人不识,接信请速来一晤。"我认定这又是戴兄和我开的一个玩笑,但这封书札却也使我起了去觉渡山庄的兴致。

雪眼见着是下大了,四望茫茫一片,都是白蝴蝶一样扑落的雪片,连一只鸟的影子也找不着了。雪落在河面上,落在岸边枯败的苇秆上,这声音细细的,但十分清晰,像春蚕在桑叶上爬动,更显出笼罩天地的寂静,这寂静像一只白色的大包把我们包在里面了。一主一仆,一江一舟,要是在自家楼上的窗口看见这样的雪中景致,我肯定是会吟几句诗的,可是现在我只是冷得直打哆嗦。出门时还带了个火盆,现在火盆里的灰已经冷了,我裹紧那件大氅还是牙齿直打架。船篷外撑篙的阿福倒好,衣服愈脱愈少了,脖子里还腾腾地往外冒热气。

"阿福,还是我来撑几篙吧,这冷冰冰的舱里真他妈不是人待的。"我钻出船篷。

阿福把篙交给我。我立在船头舞动那支长竹竿,不知怎么搞的,船只是在江心滴溜溜打着转。

"少爷,你要是实在冷得受不了,就回舱去把我那件布褂子生火取暖吧。"

其实这时候回去还来得及,这样我就可以中止这次心血来潮的旅行,这样我就远远地离开了那个设计好了的故事,但那时候我的脑袋好像让这铺天盖地的雪给塞住了,用后来的话来说我是着魔了。

阿福那件满是汗渍的布褂在火盆里一点点地变成了灰烬,

我僵硬的手指放在火盆上好受多了。我想起刚认识戴安道那会儿,也是一个下雪天。那是在我父亲发起的一个以赏梅饮酒为名的宴集上,刚刚辞去了官职的戴兄穿着一身白布袍,自信而又轻松。酒喝到一半,他先是弹了一支琵琶曲,弹罢又即席赋了一首诗,然后又耍了一会儿剑舞,一边耍还一边高声吟唱他新赋的那首诗。当时我看着眼前那团舞动的白影子,心想这真是一个狂放不羁的人。宴席快散时,戴安道再一次让我父亲他们瞠目结舌,他走出亭子,站在雪花飞舞的庭中,摘下枝头的梅花大口大口地吃了起来,还津津有味的样子。客人都忍不住笑了,他们看着戴安道就像看着一个疯子,我父亲关心地问他是不是没有吃饱,戴安道说:"不,先生,我是想让天地的清气长久地留在我的肺腑里。"正是这句话,使我从内心里把他认作一个朋友。

天一点点地暗了下来,如果在家里,这时该是掌灯时分了。照平常的行船,这时候应该离戴兄的觉渡山庄不远了。可今天,大片大片的雪落到河里,还来不及化,上头的雪又盖了下来,弄得河水都黏稠稠的,我好几次催促阿福,他都说:"少爷,实在没法子再快些了,你看这河都快要结冰了。"

我着急起来:"照这样子行船,什么时候才好到呢?"

"后半夜吧,后半夜我看差不多可以到了。"

真没想到这鬼天气一下子会变得这么冷,早知道这样我宁愿猫在家里也不要什么风雅了。现在我只能靠想象到了以后的情形来给自己打气,我想象戴兄一定早早就在河边的码头等着我了,因为我的冒雪赴约,他一定会为我们伟大的友谊感动得流下热泪,然后我们会一起就着火炉喝酒,念他最新写的诗歌,各自诉说分手以来的思念之情,而那个娇蕊(我真想看一看这小娘们到底长的什么模样),在一边摆动着小柳腰给我沏上碧绿的茶……

船到觉渡山庄不知什么时辰了。静静的山庄像是一只玉色的狮子蹲伏着。抬眼看山是白的,石是白的,水也是白的,在黑夜里闪着幽光。总算是到了,我长长地吁了一口气。

仆人把阿福带去歇息,把我一个人领到戴兄的书房里,看得出戴兄十分激动,他一连声地说没有想到实在没有想到,眼里都噙着隐隐的泪光了,我一下子感到如沐春风。刚才因为他没有亲自来迎接的那点不快,一下就烟消云散了。仆人端上了酒水,他陪我吃了一点。等到四肢暖和了过来,我的眼睛开始四处搜索打量。

"王兄是不是在找什么?"他笑吟吟地看着我。

"没……没有。"

"王兄喝酒无味,我给你弹琴解解闷吧。"

他走去抚了一下琴弦,向里厢喊了一声"娇蕊"。

"娇蕊?"

我的眼前一花。一只大白猫蹭蹭地跑了出来,忽地一跳,就跳到了他的腿上。有一会儿我以为自己看错了,我揉了揉眼,没错,是一只猫,这只猫狭长的脸让它看起来就像是一只狐狸。

琴声铮铮地响着,我一点也没有听进去。我勾着头,想这就是你说的娇蕊?那一刻我感到了说不出的失望,它就像冷风一样渗进了我的身子。

"王兄从琴里听出什么来?"

我报以苦笑。

那只猫喵地叫了一声,很解人意的样子,一下一下蹭着他的主人撒娇。戴安道刚才还在抚琴的手现在梳理着它茂密的毛。

"你还是问你的娇蕊吧,它比我更懂你的琴。"

他要么没有听出我话里揶揄的味道,要么就是故作不知。

"王兄真的没有听出我琴里传出的那种无奈?"他踱了几步,就像在自言自语,"夫人之相与,俯仰一世……况修短随化,终期于尽。古人云:'死生亦大矣!'岂不痛哉!"

我记起来了,这是我父亲《兰亭集序》里的句子。"想不到戴兄你也是一个贪生怕死之辈,活着就活着,死了就死了,生死都是造化,这也值得长吁短叹的?"

戴安道说我并不真正懂得他的意思,他真正在思考的是一个关于永恒的问题。他说这个问题已经困扰了他整整三年。他新近得出的一个结论是,在永恒面前,人的生命都是脆弱的,跟蜉蝣差不了多少。为了向我说明这一点,他举了一个例子,时间就像是一条河流,而永恒则是大海,我们生活在时间这条河里,而大海则在离我们十分遥远的地方(说到这里他指着空气中虚无的某处伸手一点,好像那就是他说到的大海),它包围着我们,但谁也控制不了它,"所以,"他这样总结上面的这番话——

"人永远不能穿过时间的河流到达永恒的大海,这是我们最大的悲哀。只有一个办法能让我们摆脱蜉蝣的命运,消解掉这种悲哀,那就是成名。"

"成名?"

"是的,成为一个名人,做一个明星,这样当你在世的时候,就有数不清的美女和钱物来追逐你,而当你的肉体生活的时间消失了,在另外的时间里,你的名字还将留在人们的口头上,那也就跟永恒差不多了。"

"想不到这样一个大雪的夜晚,你找我来竟是为了讨论这样一个枯燥的哲学问题。"我跺了跺冻麻了的脚,"我是想睡了。"

屋外响着大雪压断树枝的咔嚓声。戴安道双眼炯炯发光,脸上一点也没有倦意。"你就不想成名?我现在突然有了一个办法,可以使你我一夜之间名扬天下。"

我想到了那些变着法子想出名的朋友,嘴角不知不觉挂上了讥讽的笑:"说来听听。"

"那就是请王兄即刻回去。"

我一听跳了起来。

"什么,要我马上回去,你这是什么意思?你没看见天这么暗了外面还下着大雪吗?"

戴安道走过来,附着我的耳朵轻轻说了几个字,然后拍拍我的肩膀。

"王兄,只要你照我说的去做,我担保你很快就能出大名。"

我沉默了。我承认他说出的是一个绝妙的主意,他附在我耳边说的那几个字更是只有高人才说得出来,我这么做了肯定会让我那帮朋友对我刮目相看。但现在屋外正是大雪纷飞,天又冷又黑,又怎么回去呢?我犹豫起来。

"王兄,我知道这样做这个夜晚你太辛苦,但要成名又怎么能不付出点代价呢?其实这个晚上的你只是乘兴去看一个朋友,然后兴致尽了,你又过朋友家门而不入,连夜回去了,说出去那是何等风雅的事啊,这样风雅的事发生在你王兄身上,发生在这样一个下雪的晚上,又有谁不仰慕呢?此事天知地知,你知我知,又有谁会想到是我们合演的一出戏呢?"

我去叫醒了阿福,说要马上回去。阿福没有听清,他揉着惺忪的眼,说:"少爷这黑咕隆咚的我们是回哪儿去呀?""回家。"我大声对他说。

戴安道没有送我,这是我们在书房里就说定了的,雪下得愈加大了,船篷上都有厚厚的积雪。归途中,阿福一路都是嘟嘟囔囔的,骂姓戴的不是个东西,他还以为我和戴安道吵了一架才连夜往回赶的。我也懒得跟他说什么。

船滑行在落满了雪的江面上,几乎没有声息。江两边的山影,也无声地向后滑去,这情境就像在梦里一般。奇怪的是我一点也不感到冷,我的身体里面好像燃烧着一团火,这团火烧得我痒痒的,又想唱歌又想大笑几声。我对阿福说:"烧掉的那件布褂子,回去我会给你买件新的。"

到家时天色已显出了鸡蛋清一样的白。昨天城里的那帮朋友来找我,我已经坐船走了,他们就在我家里等着我,几乎玩了一个通宵。对于我在这样一个雪天的清晨出现,他们都感到了十万分的惊讶,还以为发生了什么事。这一点从他们张得好大的嘴巴里能够看到。我吹着呼哨,尽量装着没事一般走进去,我边走还边轻快地和他们打招呼。

嵇小康结结巴巴地说:"你……你昨天夜里不是到觉渡山庄,去……去找戴安道了吗?"

"是啊是啊,几十里路呢,怎么一大早就看见王兄回来了?我们哥几个都以为看花眼了呢。"

我努力把脚步迈得从容些,因为这毕竟是我第一次当着那么多人撒谎。好了,我终于说出那句憋了好久的话。这句话戴安道对着我的耳朵说了后,就像某种会膨胀的东西一直留在我的身体里,让我堵得慌。

"我本来就是乘兴而行,到了戴安道的家门口忽然兴致尽了,我就连夜赶了回来。"

说出了这句话,我浑身彻底轻松下来:"好了,这一来一去的可把我累的,我要好好睡一觉了,你们请便吧。"

胖子袁竹不相信地瞪大了眼睛:"你是说,你没见戴安道就回来了?"

我想那时候我的脸上一定很无耻。

我是这样对他说的:"乘兴而去,兴尽而返,我为什么一定要见他呢？"

"王兄请，王兄请。"一夜狂欢之后的他们眼睛又红又肿，然而现在都是那么专注地看着我，他们对我的父亲也从来没有这样恭敬过。他们的眼睛告诉我，因为我做了一件让他们吃惊的了不起的事，我已经成为一个了不起的人了。

那一觉不知睡了多久。我醒来的时候看到大雪已经停了，无力的阳光照着窗外的积雪，闪着刺眼的冷光。我刚刚翻身坐起，就听见前厅喧喧嚷嚷的声音传了过来，然后我看见我的父亲带了一大群人走了进来。我父亲的眼里闪动着喜悦的光，我现在看清了，跟在他身后的有胖子袁竹和嵇小康他们，也有谢安、孙绰这些当世名士。"贤侄，贤侄。""王子猷，王子猷。"他们叫喊着向我的床边涌来，就好像我是一个英雄。唉，这就是我们这个时代的风尚。

我就是王子猷。我就是那个在大雪的夜晚跑来跑去的王子猷。欺世盗名之徒王子猷。许多年后，一个叫刘义庆的把我那个晚上的事写进了一本有趣的书里，那本书就是《世说新语》。书里写的与我跟父亲和朋友们说的那些没有多大出入。至于那个雪夜到底发生了什么，我不说，戴安道不说，我相信谁也不会知道。不知你是不是听说过"雪夜访戴"这句话，说的就是我。是的,这里我的名字消失了,真正出了名的人物是戴安道,自从我在那个大雪的夜晚上了路,我就一步步地走进了他给我安排好的故事里去。是的,这是一个残损的句子,因为它没有主语,主语被省略了。我就是那个被省略了的主语王子猷。

我在天元寺的秘密生活

夜里,我踏着月光去山房打坐。树林里有狼的嗥叫,这声音一忽儿远,一忽儿近。念慈跟在我的身后,他说:"师父,我怕。"我说:"你看看月光吧,月光透过槐树叶,在你面前出现了一个个灰色的光斑,你好好看,就不会害怕了。"我这么说,但其实自己也有点心神不定,好多天了,不知道这不安来自哪里。有时林间的一声鸟鸣,也会让我心惊得打一激灵。无论如何,一个有道高僧是不该这样的。

我推开山房虚掩的门,影子跌进里面,惊起了两三只蝙蝠,它们吱吱地叫着飞出来。念慈惊叫一声抱住了我,我恼怒地甩开他的手,没出息。念慈嘤嘤地哭出声来,他抽噎着点亮了蜡烛,我在蒲团上坐定,闭起眼睛,向他挥了挥手。他没有动,我能感觉到,他深凹的眼睛在一动不动地望着我。我的声音把我自己也吓了一跳:"快滚,你为什么还不滚?"

念慈瘦瘦的身影在我眼前消失了,他的布鞋一下一下拍打着冰凉的月光。这个大脑门、深眼眶的孩子,长得越来越像我三十年前认识的一个孩子了。他的黑眼珠子盯牢我,似乎要把我在天元寺这三十年的日子看穿。十三年前,云游的我,从一个刚刚遭受瘟疫的荒村里把他抱来的时候,无论如何是想不到这一点的。那时的他,蜷着身子,还没有一只小猫大。是的,我抱养他的心情跟养一只猫也差不了多少,佛门清净地,没有活物陪伴我会老得更快。

这些日子,我晨暮的课诵变得心不在焉。风吹着僧房外的槐树叶,哗哗地响,这声音好像是马在浅河里踏过。我闭起眼睛,就看见那匹红马,那匹我乘过的红马,打着响鼻向我跑来。跟那匹马同时出现的,是一个孩子,一个皮肤黝黑的孩子。一个声音在心里边说:快了,快了。我想可能是我老了,天元寺周遭的草木,都已经历了三十个春秋,我能不老吗?春天的时候,一个烧香的士子哭着告诉我皇帝被掳到北方的消息,我古井一样的心里没有一丝波动,这世界的事,离我已经像天边的云一样远。后来,山下跑过了成群结队啼哭的难民,跑过了马队(马蹄踏击大地,扬起的尘土遮没了太阳)。再后来,改朝了,百姓都穿上了北人骑射的胡服,但天空还是三十年前的大伞。黑色的云团吞噬着太阳,又把太阳吐出来。

那匹马肯定成了一堆朽骨。那个多年以前的孩子,如果他不死,一定还会来找我。我要在他找到我之前,做完回忆的功课。

嘘,你听,马蹄声在响……

黄土驿道向着南方延伸,风声呼呼,像是打铁匠的风箱,吹干了我身上的血渍,它们摇动道旁的树,红叶纷飞,如同一只只残破的手掌。我打马在秋天的驿道上急急南驰。在这之前,我是帝国戍边的一名军士,现在,我是一个信使。

进入秋天,边境的战事呈现胶着状态。在最近的一次战斗中,我们吃了轻敌的亏,十万大军被围困在瓦剌子山,胡人切断了我们的水源。一天晚上,胡人突破了中军大营,我们只有数十骑突出重围,但都已血染战袍。将军选中我做信使,把这个不吉利的消息送到京师,只能解释为他对我的报复。谁让我在大战前讥笑他不懂兵法,现在,他终于让我知道了厉害。谁都知道,我们帝国那个八岁的皇帝是多么热切地盼望着好消息。那些送去捷报的信使,得到了数不尽的钱财,有些还封官荫子;而那些送去坏消息的,都被他砍了脑壳,因为他相信,正是他们给帝国带来了晦气。

扬起的灰尘打在汗湿的身子上,我的衣衫变得又干又硬。三天的奔驰后,驿路上红色枝干的松树少了,代替它们的是一汪汪泛着水色的稻田、葱茏的小山包。这里已是江南地界,离京师不远了。明朗的天空像一个巨大的虚空,高悬头顶。现在我时时感到背上的锦盒透出的凉气,砭人肌骨的凉气。我知道,当我把这个锦盒交到皇帝手上,离死期也就不远了,但如果我回去,还是逃脱不了军规的惩处,我的脑壳还是要离开我的身体。将军总这样说,人都是要死的,一个军士,他最好的死法是血溅黄草,马革裹尸。那么一个倒霉的信使呢,是不是交卸了差事还要把自己的性命交卸出去?说实话,我不喜欢这样的死法,一点也不喜欢。

我放慢了马的脚程,抬头望着山岗前滑翔的鹞鹰。我的模样十分悠闲,就像一个从京师应考回来野游的书生。鹞鹰,我心里面默念着。有时做一只鸟的确要比做人更快乐些。它从这个山头飞向那个山头,它凶猛地扑向草丛里的猎物,那么地自在,谁对它们也没有办法。我这样想着的时候,眼前就仿佛出现了我们帝国处死人犯的刑具,一绢白绫,或者一碗鸩尾划过的酒,那还是有名望的大臣才有福气得到的,等待着我的更有可能是磨得飞快的刀刃、一根绳索、击顶的瓜锤。一阵凉气从脚底下直往上蹿。

山回路转,一群山羊蹿了出来。红马长嘶一声,抬起了前蹄,山羊炸了群,跑进了路边的林子里。羊倌挥舞着柳条丝编的鞭子,东赶西围,但受了惊的羊再也不听他的。现在,他沉着脸,一步一步走到了我的眼前,我看清了,他其实还只是个孩子。

"你要赔我的羊。"

"明明是你的羊挡了我的道,怎么反倒要我来赔你的羊?"

"你一定得赔。"他固执地坚持着。

"如果我说不呢?"

这孩子深凹的眼里闪着一种疯狂:"反正我回去也要被主人打死,现在我也可以死给你看。"

这孩子的胆真大。我的心动了一动:"我可以帮你把羊找回来,但你必须答应给我做一件事。"

"凭什么要我答应你?"

"就凭它,"我拍了拍马背,"如果你答应了我,这匹马就归你了。"

他的眼里掠过了一丝喜悦的光:"说吧,要我做什么事?"

我解下背上的包裹,一层层解开,露出了里面的锦盒:"你把它送到京师,有人会带你去见皇上,记住,一定要交到皇上手里。"

当那孩子骑上马,摇摇晃晃地向南行去,马蹄嘚嘚,在我听来成了这个世界最美妙的音乐。现在,他代替我成了信使,代替我走向了我们帝国喜怒无常的皇上。他代替我去死了。我没有想到,解下这个包裹竟这样容易。这些天,这个小小的、要命的锦盒实在把我累坏了。突然而至的轻松,让我有了一种迷迷瞪瞪的幸福感。放眼身边的山和树,我发现江南的秋天还是可爱的,那些成熟的浆果散发出的气味,让我想到了女人的身体。

傍晚,我在一个林子里迷了路,黑暗中的林子什么也看不清。有一次我撞在一棵树上,额上鼓起一个大包。有一次我又掉进猎人挖的陷阱,吓得魂都掉了。当我费了好大的劲爬上来,却再也走不了了。我的脚崴了,靠着树干迷迷糊糊打了一会儿盹,天色就在树梢上显出了桌布一样的白色。天亮了。

或许是听到了我的呻吟,一个灰色僧袍的老和尚发现了我。我告诉他我是一个猎人,追赶一只受伤的鹿,在这林子里崴了脚。慈悲为怀的老和尚二话没说就背起了我,蹚着草尖上的露水来到天元寺。后来我才知道,他就是天元寺的住持智藏上人。

实话说,在林子里的那个早晨,当我看到一角被风吹摆的僧袍向我飘近。我就知道了余下来的日子该怎么度过了。我已再也回不到我熟悉的市井,去杀羊,去屠狗,去娶妻育女。但我还年轻,还不想死,天元孤寺可以说是我最好的归宿了。因此当我在天元寺养好脚伤,智藏上人好几次暗示我该走的时候,我都没有吱声。我卖力地干活,挑水、劈柴、洒扫庭院、擦拭香炉,一刻也不让自己闲着。反正我年轻的身体里有的是使不完的力气。我努力要给上人一个好印象,好让他收留我。

一天,上人在蒲团上闭目打坐的时候,我跪在了他的面前,恳求他给我剃度。灰色的光线落在上人的僧袍上,他就像是一座石像。上人沉吟片刻,睁开了眼睛,说:"施主,你身上有隐隐的血光,我不敢收留你。你本是红尘中人,还是返回红尘中去吧。"

"不,大师,我真的是一个猎人,我心仰佛法已久,恳请大师成全我的夙愿。"

"施主顶上的血光如此之强,如果我猜得不错,你不是一个刽子手,就是一个军士。现在你已然疗好伤,还是速速离开小寺为好。"

上人没有给我剃度,但也不再急着赶我上路,有时出外做佛事也还带上我。我在天元寺的生活过得像寺门前的池水,清心寡欲,没有一点动荡。除了头上没有剃去发,没有烧上香疤,日子过得和佛门中人没什么两样。起码在表面上看来是这样。一天,我跟上人做完法事回来,在集市的一个摊上看到了一把剃刀。上人已经走远了,我还盯着这把刀。在西斜阳光的照射下,剃刀的刃片闪着锈红的光,这光芒让人激动。我数出五文钱,买下了那把剃刀。摊主是一个身形丰满的徐娘,她笑吟吟地说:"小师父是个俗家弟子吧?"

智藏上人的一脸胡子,三天不刮就长得老长。上人常常用手去拔,这样他的腮帮就密布着坑坑洼洼。自从我来到天元寺,给上人修脸的事就归我做了。上人的脖子上围着白绸布护襟,惬意地闭着眼,剃刀滑过他的脸,他的下巴泛着青色。我在给上人刮胡子的时候,看见了上人上下滚动的喉结,好几次,我都管束不住手上的刀片向他的喉结滑去。这一次,活儿快要做完的时候,大师睁开了眼睛。

"你听,那是什么声音?"

我以为大师看出了什么异样,慌乱地把视线移向大殿中央的香炉。香烟袅袅,撕得细细的,就像那远远传来的声音。

"好像是城里吹响的号角吧。"

"不,城里的号角传不到这儿,它更像是有人在吹埙。你听,这声音真凄清。"

"凄清?是的……这声音听起来让人止不住想哭,不过生命里美好的东西不就是让人流泪、让人悲欣交集的东西?"

上人的眼里流露出了嘉许的神色,但只是一瞬间的事,他又闭起了眼。看得出来,响在上人心里的埙声越来越激越了,他的眉角一会儿紧皱,一会儿又舒展开来。当他的眉宇间再次出现平坦和明朗时,剃刀像一条鱼一般脱开了我的手,锈红的光抹向了上人脖子上的喉结,并深深进到了里面。我听见四面的墙发出了一声叹息,这叹息像穿过大殿的风一样悠长。我吓了一跳。

上人青筋暴突的手指着我,看样子他想说什么话,他的眼珠也凸了出来。他终于没有说出话来。他摇摇晃晃地站了起来,又扑地倒了下去,就像一株被蚀空的树一样倒了下去。血喷溅出来,我的眼前闪现出了一片红光。

我披上智藏上人的袈裟。现在我成了天元寺的住持,我的法号慧寂。

这就是我来到天元寺的秘密经历。

昨晚的风刮了一夜。早晨,透过僧房的花格子木窗,一地都是吹落的槐树叶,寺门前的放生池也冻得发了白。远处相量岗的山顶,影影绰绰的是一片雪色。我到佛殿里焚香,一手敲击钟磬,口念观音经……妙者皆悉断环,即得解脱,若三千大千,国土满中,怨贼有一,商种将诸商人,齐持众宅,经过险路,其中一人作是唱言?诸善子……

佛殿前响起鸟扑喇喇飞过的声音,我看见念慈走出放生池对岸僵直的青松林,在池边玩冰。他一只脚踩在池岸的岩石上,另一只脚在冰面上小心翼翼地移动。他捡起一块断瓦,扔出去,看着它刨下一小块白色的冰屑然后滑远。他是那么用心地做着这一切。然后,他抓住了池边的一根松枝,悬空一只脚,在冰上荡来荡去。这孩子长大了,但我也越来越猜不透他的心里都在想些什么。他白多黑少的眼珠子盯牢我,就好像要把我在天元寺三十年的生活看穿。

一整个上午我都在山房里打坐,看不见的风,拂弄着头顶长长的经幡,上下翻飞。长久地盯着寺门外阴沉沉的天空中的一个点,我看见窗口闪过了一道红光。那是一匹马的背。我立刻开窗探头去看。

外面什么也没有,只有风卷着槐树叶。念慈指着墙脚草丛一点零星的白,欣喜地说:"师父,夜里你有没有听到下雪?你看,草都白了!"

"我没有听到下雪的声音,昨夜我听见一匹马在山下跑,真奇怪,它围着我们寺转圈,好像要一直转悠下去。那是一匹红马,好像在许多年以前发生过。"我告诉他。

当我闭上眼睛,它又来了,它红色的鬃毛在风中飞舞。我说:"念慈,快去看看,它又来了,它正在撞僧房的板壁。"

念慈走到门口四处张了张,回来说:"师父,那不是马,是风撞动匾发出的声音。"

黄昏时分,橘红色的光影穿过瘦瘦的老槐枝干,在我面前的地上投下一个个光斑。这光斑刺疼了我的眼睛。我又听见了什么东西在撞击僧房的门。或许,那只是我的幻觉?我推开门,看见了它滑圆的屁股。它已经过去了。

"它跑到山那边去了,你快出去看看,或许草地上会留下它的脚印。"

念慈看着我,他的脸上有着一种奇怪的神色。

一炷香的工夫,念慈回来了:"师父,我找遍了前山后山,都没有找到你说的那匹马,倒是有一个游方的和尚,现在寺门外要求见你。"

那匹马简直要让我发疯了,总有一天我要抓住它。因为有远客登门,我一下子变得笑容满面,一直走到僧房与山门之间的走廊迎接。

游方僧只有一只手臂,风灌满了他空荡荡的僧袖,他走了进来,他的脸被日光晒得红红的,老远我就闻到一股北方尘土的气味。念慈在他前面几步的地方洒水扫尘,这是天元寺迎接方丈的礼节,我正要呵斥念慈,游方僧已一步一步跨进了大殿,在佛祖像前行完了三跪拜礼。然后,他好像才记起天元寺有我这个住持,缓缓地向我转过身子。

我双掌合十:"大师如何称谓?"

"贫僧慧寂。"

听他的话好像暗藏机锋:"慧寂乃是老僧的法号啊。"

游方僧哈哈笑了起来:"你我皆非红尘中人,又皆生于俗世,你叫得慧寂,贫僧就叫不得慧寂?当然我不是你,就如同你不是这天元寺本来的方丈。"

我心中暗惊,念出一段偈语:"前面是三,后面是三,问和尚共是几人?"

游方僧不语,他鹰一般的眼光割开了空气,好像让我置身于旷野之中。风吹动袈裟的皱褶,我的腋窝在流着冷汗,他凹陷的眼眶的深处像是有一团火,这团火,唤醒了三十年的记忆。无数蜜蜂从我的耳朵里飞出来,我的心低低呻吟了一声。

"好,好,你终于来了。我认出你了,你是那个放羊的孩子。"

游方僧的笑声听起来像哭:"是耶,非耶?多少年了,我已忘记太多的事,我只是一直在找你。"

"这么多天,我一直在等。我不知道,我等来的会是什么,一匹马,还是一个人?等待的滋味太不好受,我都快要发疯了。"我飞快地说着,"不对,不对,你不是那个人,那孩子给皇上送信,他已经死了。你是鬼,你是一个鬼!"

游方僧说:"我不是那个孩子了,但我不是鬼,你掐掐我的脖子,你就知道我是不是鬼了。"

我的双手搭上了游方僧的脖子,虎口紧紧地卡住。他满是污垢的领口冲出了一股臭气,我的手越掐越紧,他的胸膛急剧起伏着:"你再用点力吧,你现在知道了,我是人,还是鬼?"

双手怅然垂下。他呼哧呼哧喘息着,冲到我的面前:"你看清楚了,我是鬼。"他的眼里有一点泪光:"这么些年,我的日子连鬼都不如。"

今夜,山房的烛光一直亮着,我和游方僧坐地对弈。我们的赌约是,连弈三局,胜者可以问对方三句话。边上的桌子,摆着绿茶和几样素食糕点。念慈在一旁伺候。

游方僧棋艺精湛,我不是他的对手。第一局终了时,游方僧说:"你能告诉我为什么让我去送死吗?"

我沉吟片刻,缓缓说道:"凡人皆有求生之欲。"

他脱去僧袍,露出了断臂:"皇上没有砍我的脑袋,倒是砍下了我一只手。"

念慈吃惊地掩住嘴。烛光无风自动,把三人的影子投向大殿的角落深处。游方僧的断臂,结着紫色的血痂。我看着它,仿佛面对的是我的一段罪恶。

"阿弥陀佛!"

"皇上砍下了我的手,又不让我死了。他让我陪他捉蟋蟀,斗蟋蟀,乔装后到闹市上去斗鸡,去玩女人,他玩得高兴,就更加离不开我。我,一个冒牌的信使,变成了皇帝的宠臣。我位极人臣,享尽了人间荣华。"

念慈听得双眼发光。

"他不是一个好的皇帝,但我感激他,因为他给了我无数的钱财,享用不尽的漂亮女人,他让我明白了什么是做人的滋味。所以,皇上被胡人掳到北方,我也跟着去了北方。皇上白天给胡人放马,夜里在钟楼打钟,他白生生的手长满了冻疮。皇上对我说:'你快逃命去吧。'我流泪了,我说:'陛下,微臣有幸遇上你,才知人间还有富贵,不然,我还只是乡下放羊的一个羊倌。'皇上什么都知道。他说:'我早就看出来了,只是没有点破,你不是真的信使,那个理应受死的信使,在半路上逃走了。'我大惊,'陛下请恕微臣欺君罔上之罪'。皇上说:'你不是已经死过一回了吗,现在的你,早就不是本来的那个羊倌了,你速速离去,找到了那个信使,就捎口信给他,让他到这儿来找我。'我离开没几天,就传来了皇上驾崩的消息……盘缠用尽,世事亦已看穿,我就成了现在这样子,一个东游西荡的野和尚。"

听得入神,落错一子,我又全盘皆输。他开始问第二句话了。

"三十年前相遇,我和小和尚一般大小吧?"他指了指一直站在边上的念慈。

念慈的眼里又闪过我熟悉而又陌生的光。

我喝了一口茶,称诺:"他是一个奇怪的孩子,老是沉默寡言,十几年前我从一个荒村把他抱来。"

第三局,棋势突变,游方僧不时撩起僧袖去擦汗涔涔的脑门。他裸着的断臂如同一截枯枝,似乎不觉夜寒,我一抬头就能看见断臂上陈年的紫痂。有一刻,我自己消失了,恻隐之心让我觉得坐在对面的是另一个我。他冒过险,享受过人间的富贵。现在又回来了。电光影里斩春风,喜得人空法亦空。三十年在天元寺的生活,我从来没有像现在这样感到通体透明,薄如清风。我怜惜地看着他,看着边上的念慈,我从来没有像现在这样爱他们。

游方僧手执白子,踌躇良久,在棋盘上轻轻叩了三下。

一条黑狗似的影子飞快地向我的脚边扑来,我的肋骨感到一阵剧烈的疼痛。那是念慈,他的手上不知什么时候多了一把剃刀,他把剃刀插进了我的腹部。这把小刀好像要立刻置我于死地似的,从胃部左旁使劲地向上移动,直向心脏奔去,鲜血往外喷射。我摇摇晃晃站起来,向前迈了两三步,想抓住游方僧的身子。游方僧侧身避过,我双手抓着一把虚空,无力地扑倒在地,带翻了棋盘,黑子白子,滚得大殿上满地都是。

"你输了,"游方僧冷冷地说,"现在你该回答我第三句话了。

风越刮越猛了,夜光下,僧房和大殿前的建筑物,在土灰色的院墙中寂静地挺立着。我撑身坐起,双手捂着没入腹部的刀柄,感到又黏又热,那匹马又来了。马粗重的鼻息,喷在我的手上。

"我刚进寺门时你问我,'前面是三,后面是三,问和尚共是几人',现在你能告诉我答案吗?"

我张了张嘴,发不出声音,血沫随着嘴角流了下来。我盯着他的脸,眨了一下眼。

游方僧耸然变容,向我稽首一拜:"大师,我悟了,万物归一,一即三,一即天地。"

我扑通栽倒。

那匹马飞快地游入我的胯下,我紧紧抓住它的鬃毛,那鬃毛多么温暖,像一团跳跃的火。风声呼呼,我又奔驰在三十年前秋天的驿道上了。道旁的山和树我十分熟悉,就好像这么多年来,我一直没有离开过,没有停止过在这条路上的奔跑。道路的终点,坐着我们帝国英明的皇帝,他一身金黄的龙袍,脚边,是一只黑色的促织罐。

万 镜 楼

1

我坐在一片秋天的树林里。前几日的一场寒雨,打落了好多山毛榉叶子,被雨水浸染的枯叶现在腐烂了。一片腐烂的海洋。我双腿盘坐着,如同坐在救生筏上。一名童仆站在我身边,不住地打着瞌睡,旁边,光滑得如同一面镜子的大青石上,放着一本我青年时代自费刊刻的小说《西游补》,还有两大卷那时候写下的梦境笔记。我老了,步履蹒跚,满身赘肉,如果揽镜自照的话,我都快认不出这张被时间过度伤害的脸是谁的了。没有一个朋友来林中造访我,他们就是想来也找不到路。一日日,我就靠阅读这些早年写下的文字打发余生。要不了多久,无常这把锋利的镰刀就会像收割走秋天最后一束苇草一样收去我的生命,但起码在此之前,我还可以继续沉浮在这些奇幻仙境中。

秋阳制造出温暖的假象,让无数昆虫又飞了出来。我最喜欢的是大黄蜂和七星瓢虫,还有一种硕大的蝴蝶。我的大黄蜂朋友,它的翅膀拍击空气的声音深沉而喑哑。在大自然发出的各种各样的声音中,我最喜欢的就是这种深沉而喑哑的声音。倒是树枝头那些小鸟的尖叫声,让我十分恼火。

太阳落山前,我第三遍读完了这个小说。《西游补》,它真的是我写下的吗?我现在重读这个小说,重读以前的那些梦境笔记,怎么感觉是另一个与我毫不相干的人写下的?这个我21岁那年写下的小说,是我被情欲折磨的少年时代的一个宣泄通道,我让斗战胜佛孙行者迷于情魔,经历了一场场荒诞不经的历险。正如你们现在看到的,这个小说是从孙行者三调芭蕉扇,师徒四人走出火焰山后开始的,当时我选择这个故事来续写或许就因为它有着梦幻的气息吧。我那么爱做梦的一个人,平生乱梦三千,写下的一个个故事就是一场场大梦。我是这样想的,既然一切都是寓言,就让这一枕子黄粱梦里幻出个大千世界吧。在写作这个小说的时候,我时常感到,我就是孙行者,孙行者就是我。

现在回头看去,这个小说里散布出的不祥气息,正是那时候动荡不宁的天下局势在我年轻的心里投下的一个阴影。就在这部小说写成后的第四个年头,满洲人的铁蹄如同西伯利亚刮来的寒风狂扫落叶,大明亡了。而在这之前数月,皇帝已在宫后的一座小山下吊死了。在1660年春天完成的这个小说里,我已经预言了这个结局:

有一个叫踏空村的地方,那里的男男女女都会驾云飞翔。一群踏空儿,四五百人持斧操斤、抡臂振刀去凿天,把天庭的一个凌霄殿生生给凿了下来。

当时这个十六回本的小说写到这里,我扑哧笑了。以斗战胜佛的英雄智慧,让他困于情魔试试?说干就干,我设置了这样的情节:凌霄殿给凿下来后,天庭不知底里,还以为这事是孙行者干的。行者有过前科,偷盗了太上老君炼丹炉里的仙丹还大闹天庭,他们有理由怀疑。于是他们要请佛祖出马,把行者重新捉将回去镇在五行山下。行者惊惶无措,撞入万镜楼,他在虚无世界中的历险正是由此开始。

2

刚才转个弯儿,劈面撞着一座城池,城门额上有"碧花苔篆成自然"之文,却是"青青世界"四个字。行者大喜,急急走进,只见凑城门又有危墙兀立,东边跑到西,西边跑到东,却无一窦可进。行者笑道:"这样城池,难道一个人也没有?既没有人,却又为何造墙?等我细细看去。"看了半晌,实无门路,他又恼将起来,东撞西撞,上撞下撞,撞开一块青石皮,忽然绊跌,落在一个大光明去处。行者定睛一看,原来是一个巨大的琉璃楼阁。上面一大片琉璃作盖,下面一大片琉璃踏板,一张紫琉璃榻,十张绿色琉璃椅,一张粉琉璃桌子,桌上一把墨绿琉璃茶壶,两只翠蓝琉璃钟子,正面八扇青琉璃窗,尽皆闭着,又不知打从哪一处进来。行者奇骇不已,抬头忽见屋子的四壁全是镜子。各种大小、形状的都有,团团面面,有上百万面。这些镜子有各种各样的名称:花镜,风镜,水镜,月镜,冰台镜,鹦鹉镜,我镜,人镜,无有镜,自疑镜,不语镜,一笑镜,不留景镜,飞镜。行者道:"倒好耍子,等老孙照出百千亿个模样来!"走近前来照照,却无自家影子,但见每一镜子,里面别有天地、日月、山林。

行者见一方兽纽方镜中,一人手执钢叉,凑镜而立,细一看,是以前从五行山下出来时助过一臂之力的猎户刘伯钦。行者问他,为何同在这里,刘道:"如何说个同字?你在别人世界里,我在你的世界里,不同,不同!"行者奇怪道:"既是不同,如何相见?"猎人告诉他,这万镜楼,一面镜子,管一世界,一草一木,一动一静,多入镜中,随心看去,应目而来,故此楼又名三千大千世界。

3

这么说你还是不知道我是谁。叫我菫说吧。这个说字,念作tuo。它的意思不是说话,而是行动迅速的样子。动如脱兔,就是这个意思。如果你觉得这样称呼不习惯,就叫我若雨。若雨,是我的字。

昨夜,那个折磨了我几十年的梦又攫住了我。梦里我架着一把梯子登上天去。梯子断了,我摔下来掉到了白云上。棉花垛一样柔软的白云裹住了我,我撒开脚丫在白云上奔跑,一口气跑了十多里地还不止。突然,脚下的云层被我不小心踏破,嘎啦一声裂开,露出蓝得发黑的天空。我像一个溺水的人一样双手乱舞,一缕缕风从指缝间滑过,我却什么也抓不住。在接连两次坠落后,我掉落到了一条河边,水草叶子如同妇人柔嫩的手指拂着我的脸。

自从满人的铁蹄踏进山海关后,我便时常做这个从云端坠落的梦。改朝换代几十年了,我还常常在梦中高声惊叫。为此还连累妻子落下了久久不能治愈的失眠症。她时常被我从梦中惊起,然后数着念珠度过一个个长夜。解梦师说,这个梦寓意着我和我的家族在新朝的命运,从原先的高高在上沦落到了尘世间。可是我又不是什么贵胄子弟,鼎革前也不过是一个除去了青衿的诸生而已。我的曾祖是嘉靖年间的进士,最高的官职做到了吏部左侍郎。到得我爷爷只中得一个万历十一年癸未科的进士,连个外放的机会都没落着。至于我父亲,自我懂事起他就是个抱着药罐子的病病歪歪的人,他最不擅长的事就是生计营生,在我八岁那年就死掉了。

崇祯十六年春天我生过一场重病。家里请来了一个庸医,差点把我给治死。睡眠就如同一条浑浊的河流,把我送入各种各样的梦境。在梦中我上天入地无所不能,与历代妖姬美女享鱼水之欢。现在看来,我一生的嗜梦癖就是从这年春天开始的。

我贪恋名山大川,早些年,老母在堂,想走也走不远,为了能在梦中游赏,我就在房间的四壁挂满了山水画卷。画壁卧游青嶂小,纸窗听雨绿蕉秋。在四壁山水的包围中,在雨打芭蕉声中,悄然入梦,是多么的惬意啊。这些年我梦游所至的名山大川有庐山、武夷山、峨眉山、衡山和雁荡山。这种梦中的旅行既无须为银子不够犯愁,也不必担心身体吃不消。想想这样的美事,我梦里头都要笑出声来。我还采购来了大量木料,在屋上架设了一个亭子,屋上架屋,借从高处遥望青山白云,以更好地卧游。我希望我的梦中有更多的山,为此我还选中了一块风水极佳的地方想造一个亭子,连名字我都想好了,就叫梦山亭,只因为资金阙如,这个计划才没有付诸实施。

我曾在梦国游历三年,做到了梦乡太史的职位,管理梦乡的国政。我的治国措施中的一项,就是成立一个梦社,由童子们任司梦使,把社友们千奇百怪的梦寄存在浔水之滨,由我集中保管。这些梦都保管在一只一尺见方的大铁柜里,这只柜子叫藏梦兰台。当然只有我一人掌握着开启的钥匙。

我对梦国做出的最大贡献是为它编纂了一部假想的历史。在这部叫"梦乡志"的书里,我给这个国度分了七个区域:玄怪乡,山水乡,冥乡,识乡,如意乡,藏往乡,未来乡。

去往梦国的道路有千条万条,但芸芸众生被贪婪、惰怠、色欲、名利蒙了心,轻易找不到这些道路。作为梦国的太史,我想我有责任为他们提供技术上的指导。出世梦的做法是,你想象你驾驭着日月,去赶赴诸神的宴会,在你的下面,万顷的白云如同一条澎湃的河,那些传说中的蛟龙就像鱼儿一样游来游去。远游梦的做法:坐一辆世界上最快的马车,一刻万里,不到一个星期,三山五岳就走遍了。藏往梦的做法:什么也别去做,就只是坐着,让脑袋像一个搬空的仓库一般,一会儿你就会来到汉唐,运气好的话,也可能会到商周。知未来梦的做法:将会白衣,霜传缟素,法当震恐,雷告惊奇。看不懂吧? 看不懂好好看。

为了更便捷地抵达梦国的指定位置,工具的作用也不可忽略。有八种常用的辅助工具不妨一试:药炉,茶鼎,高楼,道书,石枕,香篆,幽花,雨声。如果你想做抱着女人睡的那种艳梦,这些工具就用不上了。

有人说我那么爱做梦是一种癖,一种病,我这样告诉他们,梦是一味药。宋朝有个禅师,把禅当作疗救人生的一味良药,写了一本《禅本草》的书,我虽不才,也写有一本《梦本草》。在这本书里,我开宗明义就说,梦本草这味药的性味与功用是:味甘,性醇,无毒(当然对意志薄弱者来说还是有微毒),益神智,畅血脉,辟烦滞,清心远俗,如果你想长寿,最好天天服用。至于梦本草的采集方法,也十分简单易行,不论季节,不假水火,只要闭目片刻,静心凝神,这味药就算是采成了。根据我多年研究,梦本草的产地不同,功效也不同。最好的梦本草有两种,一种是产自绝妙的山水间,一种是产自太虚幻境。这两种都可疗治俗肠。至于采于未来境、惊恐境的,虽然也有部分功效,但也会带来名利心、忧愁这些副作用,弄得不好还会走火入魔,严重的还会发狂至死。

梦有雅俗,正如人有雅人俗人。我自以为平生做过的梦里,最幽绝的一梦是在一个下着雨的晚上,我穿过两块山石搭成的拱门,又走过一条长长的松荫路,登上了一个石楼。这座楼外表平常,但内里的陈设十分怪异,楼中的几榻窗扉,全都是切得四四方方的石块。更令人吃惊的是石榜上还有七个篆体大字,如龙飞凤舞一般,写的是:"七十二峰生晓寒"。我现在的楼取名叫"晓寒楼",屋前的池塘叫"梦石楼塘",就是这么来的。要是微染小恙,喝一点小酒,再在微醉后得一佳梦,游游名山啦,读读这个世界不存在的书啦,与古代的名人说说话啦,那病立马就会好几分。如果做了俗梦,譬如与女子交合之类的,我怕我梦醒后真会大吐一场。我这是道德洁癖吗?我不否认。

回顾我长长的一生做过的梦,那无数的人和事,组成的是一个多么庞大的世界呀。但这一些,真的在这个实用主义至上的世界存在过吗?它们存留在我的大脑皮层,在某些个夜晚,如同电波一样短暂,却又像投进湖中的石块激起的水纹永无止息。在我还是一个孩子时,父亲就跟我说过,南方有一个国家,叫古莽之国,这个国家的人以醒着时做过的事为虚妄,以梦中发生的一切为真。我要是真的生活在这个国度该多么好。这么多年,我一直没有放弃对这个国度的寻找。现在我老了,还没有找到。找不到我就在自己心里造一个吧。

生命在成长,梦也在成长,如果借用诗歌来比喻,那么我少年时代的梦是李贺的诗,连鬼神听了都要惊奇。成年后的梦,一会儿是李白的风格,一会儿是杜甫的风格,到了我这年纪,那些梦就是王维的田园诗风格了,空山不见人,惟留清泉石上流了。

人生百年无梦游,三万六千日,日日如羁囚。我就是不甘心做一个时光的囚徒,所以我总有那么多梦。

4

行者跳入一面镜子,只见高阁之下有一所碧草朱栏、鸟啼乱花去处,坐着一个美人,耳朵边只听得叫"虞美人,虞美人"!行者顿时把身子一摇,变作美人模样,竟上高阁,袖中取出一尺冰罗,不住地掩泪,单单露出半面,望着项羽,似怨似怒。项羽大惊,慌忙跪下。行者背转,项羽又趋跪在行者面前,叫:"美人,可怜你枕席之人,聊开笑面!"行者也不作声,项羽无奈,只得陪哭。行者方才红着桃花脸儿,指着项羽道:"顽贼,你为赫赫将军,不能庇一女子,有何颜面坐此高台!"项羽只是哭,也不敢答应。行者微露不忍之态,用手扶起,道:"常言道,男儿膝下有黄金,你今后不可乱跪了。"项羽道:"美人说哪里话来!我见你愁眉一锁,心肺都碎了,这个七尺躯体还要顾它作甚!"

项羽求欢,行者推说身体不适,让他先进合欢绮帐,自己在榻上靠着闲坐一会儿。项羽抱住行者,嘴里说:"我岂有丢下美人独睡之理?你一更不上床,我情愿一更不睡。你一夜不上床,我情愿一夜不睡了。"他说多喝了几杯酒,就把平生的事作评话来讲吧,也好给美人解解闷。

后来他们说起了秦始皇。项羽道:"咳,秦始皇亦是个男子汉,只是一件,别人是乖男子,他是个呆男子。"行者道:"他并吞六国,筑长城,也是有智之人。"项羽道:"美人,人要辨个智愚,愚智。始皇的智,是个愚智。"

项羽讲他战章邯、入关中平生一桩桩英雄事,直讲得口干舌燥。行者低声缓气道:"大王,且吃口茶儿,慢慢再讲。"项羽方才歇得口,只听得谯楼上鼓响,已是二更了。项羽又说了好一阵话,行者又做一个"花落空阶声",叫道:"大王辛苦了,吃些绿豆粥,消停再讲。"项羽方才住口。听得谯楼上咚咚咚三声鼓响,行者道:"三更了。"项羽道:"美人心病未消,待俺再讲。"直讲到五更,项羽也没个消停的样子。

"既是美人不睡,等我再讲评话。"

5

令人高兴的是我可以在这些梦里信马由缰,比如与我们时代最伟大的诗人斗嘴,与最优秀的剑客过招,与最风骚迷人的女人性交。我曾经这样对朋友说:"如果能记住这些梦,那将是一种极大的娱乐,你仿佛居住到了另一个世界里一般,让你觉得有意识的世界中的许多责任都非常遥远。"

以下,是这些年折磨我的一些杂乱无章的梦境片断,我曾经把它们记入了《昭阳梦史》这本书里。之所以把这本不值一提的小书保存至今,我是把它们看作了我某种意义上的自传。青年时代的我,是一个喜欢背后说别人闲话和传播八卦的人,连梦中都被流言的泡沫包围着,说别人,也被人说。出于传之后世的考虑,这些闲言碎语和一些过分色情、污秽的,我没有记入,所以即便勉强称之为自传,它也是不完全的,读者鉴之。

蔚蓝的天空,纯净得如同水洗过一般。忽然,天空垂下了成千上万只乳房,颜色有红的,也有青的,它们在慢慢拉长,一直垂到了屋瓦上。

我梦见飞云散落空中,一片片都是人脸,天上成千上万张面孔,眼珠转动,唇齿开合,每一张脸,每一个表情都不一样。

我梦见天上落下了一个个手掌大的黑色的字,它们旋转着飞落,如同纷扬的雪花。黑雪。一个白衣高冠的男子在下面奔跑,高喊着:"真是大奇观啊,天落字啦!"我仔细看这满天飞扬的字,乃是一篇陶渊明的《归去来兮辞》。

我梦见幽深的树林里的几间老屋,白云为门,客人来,云就缓缓推开,客人离开,云就重又合拢。真是太神奇了。

我梦见一场大雨,落下的全是一瓣瓣黄色的梅花。

我梦见我成了一个老僧,精舍的门是一棵老槐树。

我梦见一个叫苔冠的人来看我,他的头颈上长的是一株青草。

我一次梦见采来了一大朵白云赠给客人,一次梦见我吃掉了一盆白云。

我梦见站在高山之巅,放眼看去满眼都是草木,不见一个人影。这样一个草木世界,我的舌头还有何用?我找谁说话去?梦里我大声哭泣,醒来,枕畔还是湿的。

我梦见自己被剃发,头发坠落水池,变成了一条条鱼游向远处。我一边哭一边给朋友写信,"弟已堕发为鱼",写到"鱼"字我突然醒了。

6

宫女向行者描述大唐风流天子的行乐图:昨夜我家风流天子替倾国夫人暖房摆酒,在后园翡翠宫中,酣饮了一夜。初时取出一面高唐镜,叫倾国夫人立在左边,徐夫人立在右边,三人并肩照镜。天子又道两位夫人标致,倾国夫人又道陛下标致。天子回转头来问我辈宫人,当时三四百个贴身宫女齐声答应:"果然是绝世郎君!"天子大悦,便眯着眼儿饮一大觥。酒半酣时,起来看月,天子便开口笑笑,指着月中嫦娥道:"此是朕的徐夫人。"徐夫人又指着织女牛郎说:"此是陛下与倾国夫人,今夜是三月初五,却要预借七夕哩。"天子大悦,又饮一大觥。一个醉天子,面上血红,头儿摇摇,脚夫儿斜斜,舌儿嗒嗒,不管三七二十一,二七十四,一脚横在徐夫人身上。倾国夫人又慌忙坐定,坐了一个雪花肉榻,枕了天子的脚跟。又有徐夫人身边一个绣女忒有情兴,摘一朵海木香,嘻嘻而笑,走到徐夫人背后,轻轻插在天子头上,做个醉花天子模样。这等快活,果然人间蓬岛!

宫女说完这些又感叹:"只是我想将起来,前代做天子的也多,做风流天子的也不少,到如今,宫殿去了,美人去了,皇帝去了!不要论秦汉六朝,便是我先朝天子,中年好寻快活,造起珠雨楼台。那个楼台真造得齐齐整整,上面都是白玉板格子,四边青琐吊窗,北边一个圆霜洞,望见海日出没,下面踏脚板还是金缕紫香檀。一时翠面芙蓉,粉肌梅片,蝉衫麟带,蜀管吴丝,见者无不目艳,闻者无不心动。昨日正宫娘娘叫我往东花园扫地,我在短墙望望,只见一座珠雨楼台,一望荒草,再望云烟,鸳鸯瓦三千片,如今弄成千千片,走龙梁,飞虫栋,十字样架起。更有一件好笑:日头儿还有半天,井里头,松树边,更移出几灯鬼火,仔细观看,到底不见一个歌童,到底不见一个舞女,只有三两只杜鹃儿在那里一声高一声低,不绝地啼春雨。"

7

我曾经有机会成为十七世纪中叶南方最大的香料制造商,因为在那个时候,香料有着巨大的市场需求,庙堂之上,青楼椒房,到处都是香烟袅袅的。你在街上随便逮个人看看,他的腰胯下面也总是挂着个鼓囊囊的香袋。在这样一个以焚香为时尚的年代,人是可以用气味来区别的。对一个有着正常嗅觉的人来说,不用睁开眼睛就可以辨认出远处走来的一个熟人。

就像一朵花在开败前总是最艳丽的,大明朝灭亡之前的最后几年也是这样,各种器玩、诗词、享乐无不尽善尽美,登峰造极,就连秦淮河上的婊子,也一个比一个光鲜,一个比一个顶样。那个绮丽的时代,培育出了我们时代最出色的感官:最出色的舌头,最出色的耳朵,最出色的鼻子和勃起得最持久的鸡巴。我有幸分享文明之果,拥有一个最灵敏的鼻子,可以辨别出空气中上百种的香气,靠着这个鼻子,我无师自通地掌握了制香之法。和一般的香料制造商需用大量名贵的沉香、麝香作引子不同,我就地取材,用自然界最寻常的植物的茎、叶就可以造出各种各样的香。但我固执地认为,铜臭与香气是这世界的两极,所以我的知识永远不可能转换成白花花的银子。

在长期的摸索中,我发现,把杉树叶与松叶集在一起焚烧,有一种仿佛置身天庭的清香气息。把百合花与梅花的花瓣同焚,也殊有清致。这种山家百合香的香气和翠寒香的制作一样简捷。制作过程最繁琐的是振灵香,我采集了七十种花卉上的露水,用光了收藏的所有乳香和沉木,花了整整七天才制成了三束线香。不是我吹嘘,闻到这种香就是死人也会活转过来。我给它取这个名字,就是寓意它能振草木之灵,化而为香。

进入十七世纪五十年代,我开始尝试一种煮香之法,我把这种改良称为"非烟香法"。以前焚香,都是把香放在陶制或铜制的熏炉里焚烧,这种炉又叫博山炉,上覆以盖,盖上有镂空的气孔,我们闻到的香气就是从这气孔里散发出来的。但我认为博山炉长于用火,短于用水,对之进行了改造。我在炉体上面那个铸成山峦林树形状的尖顶高盖上凿出一个泉眼,再依着石头的纹路凿出曲曲弯弯的涧道,把水流导引入底下银质的汤池。每每蒸香时,水从上面的泉眼曲折下传,奔落银釜,加以雾气蒸腾,直如一个香的海洋。我又自创了一种蒸香时用的鬲,遇到蒸的是异香,就在鬲上覆以铜丝织就的格、箪,以约束热性,不让汤水沸腾,而香却能沓沓不绝于缕。上面我说到的振灵香,就须用这种非烟香法,方能尽臻其美。

我住在南村的时候,走到哪总是随身带着一只这样的经过改良的博山炉,春天的玉兰花瓣,秋天的菊花、冬天的梅花坠瓣,我都悉数收集。我把它们放在水格上蒸,水汽袅袅中,不一会就香透藤墙了。那个时期,我为自己设想的最理想的境界,就是坐在一只钓船上,瓦鼎里煮着香,船随水西东,没入花海中去。

自从发明了这种非烟香法,我就像一个对世界充满着好奇的孩子,把各种各样的植物的花和叶子放到博山炉里去蒸。

蒸松针,就像夏日坐在瀑布声中,清风徐徐吹来。蒸柏树子,有仙人境界。蒸梅花,如读郦道元《水经注》,笔墨去人都远。蒸兰花,如展读一幅古画,落穆之中气调高绝。蒸菊,就像踏入落叶走入一座古寺。蒸蜡梅,就像读商周时代的鼎文,拗里拗口。蒸芍药,香味闲静,如一大家闺秀。蒸荔枝壳,使人神暖。蒸橄榄,如聆古琴音。蒸蔷薇,如读秦少游小词,艳而柔,轻而媚。蒸橘叶,如登秋山望远,层林尽染。蒸木樨,如读古帖,且都是篆体隶书。蒸菖蒲,如蒸石子为粮,清瘠而有至味。蒸甘蔗,如高车宝马行通衢大邑,不复记行路难矣。蒸薄荷,如孤舟秋渡,闻雁南飞,清绝而凄怆。蒸茗叶,如咏唐人小令,曲终人不见,江上数峰青。蒸藕花,如纸窗听雨,闲适有余,又如琴音之间偶或的停顿。蒸藿香,如坐在一只扶摇直上的鹤背上,视神州九点烟耳,穆廓人意。蒸梨,如春风得意,不知天壤间有酒色气味,别人情怀。蒸艾叶,如入七十二峰深处,寒翠有余,然风尘中人不好也。蒸紫苏,如老人曝背南檐时。蒸杉,如太羹玄酒,唯好古者尚之。蒸栀子花,如海中蜃气成楼台,世间无物仿佛。蒸水仙,如读宋诗,冷绝矣。蒸玫瑰,如古楼阁樗蒲铺诸锦,极文章巨丽。蒸茉莉,就想起了我住在鹿山的时候,站在书堂桥上,望着雨后的云烟,这情境,我未尝一日忘怀。

我时常在想,如果把我放到博山炉上去蒸,会是什么气味呢?这样的念头常会把我惊出一身冷汗。

8

行者回到万镜楼中,寻了半日,再不见个楼梯,心中焦躁,推开两扇玻璃窗,窗外都是绝妙朱红冰纹阑干,幸喜得纹儿做得阔大,行者把头一缩,趑将出去。谁知冰纹阑干忽然变作几百根红线,把他团团绕住,半些儿也动不得。行者慌了,变作一只蜘蛛,红线顿时成了蛛网,行者出不来,变作一团青锋剑,那红线又成了剑匣。行者无奈,只得仍现原身,忽然眼前一亮,凭空现出一个老人。老人一根一根扯断红线放他出来。行者问老者是谁。老人说他就叫孙悟空。行者以为是六耳猕猴,取棒打下,那老人忽然化作一道金光,飞入他自家眼中不见了。行者方才醒悟是自己真神出现,慌忙又唱一个大喏,拜谢自家。(这一段下面,还有一段早年写下的批注:救心之心,心外心也。心外有心,正是妄心,如何救得真心?盖行者迷惑情魔,心已妄矣。真心却自明白,救妄心者,正是真心。)

9

我收藏有一只小钟,色泽灰黯,缺了个小口子,就像在地底下埋了几百年了。半夜睡不着了,我常常起来敲钟。那小小的钟声啊,清越而久远,它会让空气荡起一圈圈迷人的涡纹。因为喜欢听钟声,早年,我出行到了一个地方就遍地跑着去找寺院。长旅孤馆,听着钟声一下一下传到耳边,真是要喜悦得掉下泪来。我这么喜欢听钟,可能与幼年时对僧人生活的向往有关。说来不信,我三岁时就能像佛教徒一般盘腿而坐,七岁就能读《圆觉经》和《金刚经》。听着寺院的钟铙齐鸣,真像前世般亲切。国亡后,繁华不再,寺院都破败不堪,我再也听不到好听的钟声了。

我的癖好越来越深,在世人眼中也越来越怪了。除了前面说的焚香癖、梦癖、听钟癖,我新近患上的还有听雨癖。

我喜欢在窗前听雨,喜欢在秋天的渔笛声中听雨。我最喜欢的还是在船上听雨。你在船上听雨,会觉着雨声是绿的呢。绿则凉,凉则远,在船上听雨,你真会觉得远离了烦恼人世。我经常听雨的那只船叫石湖泛宅(为此我给自己治了一个印叫"月函船师")。船里装满了书画秘籍,船舱里还挂着小佛像。我常常把船泊在柳塘湖水深处,待上一段时间又游往他处。如果此生还有余暇,我要写下一百首关于雨的诗篇。体例就仿照白居易的《何处难忘酒》,叫"何处难忘雨"。"何处难忘雨,凉秋细瀑垂,小窗佳客在,白豆试花时,渔笛声全合,水村烟正宜,溪山苔上好,雨僻少人知。"这是前些天雨中无聊写下的。如此好的烟雨溪山,却没有人来和我共赏。不过话说回来,身边如果真有一个俗客聒噪个没完,也挺煞风景的不是?这是秋天听雨,暮春天气里下雨也是别有佳趣的。竹阑外柳丝轻飘,那雨珠儿凝在叶尖久久不曾落下,偶尔滴沥一声,却打下了树荫下的一片片花瓣。还有深宵听雨,是我近些年来深深着迷的。雁落秋江,寒夜里拨尽炉灰,听着屋角的雨如沙漏一般落下,真不知今夕何夕了。

康熙十九年起我正式隐身于山水深处,其实更早,五年前我就以山水白云为家了。我栖遁在苕溪、洞庭之间,一般朋友都找不到。偶尔在村涧溪桥边碰到附近灵岩寺的和尚,就作一日夕谈。1670年冬天,我浮舟在西洞庭山,中流大雪,船都被冻住了,划不了桨,连除夕夜都是在船里度过的。黑夜里我暗暗地笑,我就是要让你们都找不到我。这像是我为自己刻意安排的一个结局。

我已经想好了,死后留给子孙的应该是一幅什么样的肖像画:我要让最好的画家把我画进一场风雨中,屋外山雨欲来,木叶乱鸣,我坐在寥廓的堂前,手里执着一卷书,神态怡然自若,就好像这个世界上再没什么可以撼动我。

10

行者挣脱了缚人红线,来到一处楼台。看到唐僧和小月王对坐在一处水殿中。三个盲女郎,各抱一面琵琶,在唱一出《西游记》。一唱便唱到了万镜楼中的事,行者心中疑惑,这分明是我昨日的事,她们怎么会知道?心头火发,耳中取出棒来,跳在空中乱打,打着一个空,又打上去,仍旧打空。小月王、师父、那些盲女子就好像没有看到他。行者奇怪,难道青青世界中的人都是无眼、无耳、无舌的?

行者乱撞乱走,发现唐僧有了一个女人,叫翠绳娘,长得真是香飘十里,媚绝千年。

不多时,一簇军马拥着一面黄旗,飞马而来。原来是唐僧受封为杀青大将军,行将起兵。翠绳娘见唐僧做了将军,匆匆行色,两手拥住,哭倒在地,便叫:"相公,教我怎么放得你去!你的病残弱体,做将军时,朝宿风山,暮眠水涧,那时节,没有半个人看你,增一件单衣,减一领白裕,都要自家爱惜,调和寒冷。相公,你牢记我别离时说话,军士不可苛刑,恐他毒害;降兵不可滥收,恐他劫寨;黑林不可乱投,日落马嘶不可走,春有汀花不可踏,夏有夕凉不可纳。闷来时,不可想着今日,喜得时,不可忘了妾身。呀,相公,叫我怎么放得你去!同你去时,恐怕你将军令,放你自去,相公,你岂不晓凄风夜夜长,倒不如我一线魂灵,伴你在将军玉帐罢!"正闹着,外面紫衣使者飞马走进,夺了唐僧军马，一齐簇拥，竟奔西方去了。

11

以前我每次出游，都为路上带什么书斟酌再三。掂量来掂量去，什么书都舍弃不下，索性都给带上。一般短途陆行的话，带的书大概有五十担，如果坐船，那就可以带得更多，约有十箧之多。在我还是一个孩子的时候，我对自己一生的构想，就是先三十年读书，后三十年游览天下。这么说吧，我嗜书就像酒徒离不开酒，好色之徒离不开女人，这一辈子从来没有离开过书。云中乍讶声如豹，迎着挑书入屋来。这是带着一大堆书途中投宿。一床书傍药炉边，这是日常家居读书。五十六岁那年，我在一封写给儿子的家书中说："除了不懂事的六年，这五十年我都在读书。"这话可一点没有自吹的意思。如果不是有十多年里我把时光浪费在了帖括制艺上，我今天的成就岂止如此？所以我对儿子们总是千叮万嘱，切不可让子孙后代再习举子业，读无用书，做八股文，那可真要枉丧光阴了。

其实我这样子过完一生，在精英人士眼里已经是年华虚度了。他们不止一次对我说，本来以你天分之高，用力之勤，要不是给那些胡说乱道的东西迷错了路头，而专在考据编年等学上下功夫,则在学问上面必能于古今来第一等人物中占到一个位置,你那么变态,老发神经,还自己弄些助长神经病的药,结果就成了这么一个半梦半醒的二等学者,可惜啊!对这些人,我总是回之以:去你妈的!

这一辈子我从没有放下过我的笔。笔是我的舌头,我的牙齿。但我也从来没有停止过焚毁我写下的文稿。我就像一个雪夜行走在林中的盗贼,一边前行,一边又把留在雪地上的脚印全部消除掉。很难说清我这么做的全部动机是什么,人有时就这么奇怪。有时我刚写下一个句子,就好像已经看到了承载这个句子的纸在慢慢消失。名词消失,动词消失,最后我也消失。不仅焚字,我还焚笔、焚砚。我还写下过一段焚砚誓,其中有这样的句子:"今日以后,永绝文字,镂骨铭心,尽未来际,不断绮语,崇高苦因!不断绮语,道岸不登!不断绮语,离叛佛心!"

没有人知道我这么做时纠结在心头的苦闷。一方面我是那么地热爱写作,另一方面,禅宗又主张不立文字,直指本性,我信仰的临济宗更是如此,所以我总是一次次地发誓要封笔,戒绝绮语自障,又一次次地冲破戒律,不停地写写写。且悔且做,且做且悔,当老亦然,我这人没出息透了吧?去他妈的戒律!

1656年,我三十七岁,准备上灵岩剃度,把余生献给佛门,行前我决心把所有写下的文字全都焚毁。我儿子抱着我的脚苦苦相劝,恳请我留下一些诗文刊印于世。我说,我堕文字因缘三十年了,再留下片纸只言在这个世界上,那不是再堕落一次吗?我的下半生就在青鞋布袜间了,罢,罢,全都烧了。这是我一生中第三次烧掉自己的文字,也是烧得最多的一次。前两次的焚烧,分别在1643年冬天和1646年秋天。最初的起意是想把八股文给烧了,烧得性起,把一卷诗稿和一本杂文集也投进了火堆里。看着那些碎纸片像黑蝴蝶一样飞起来,有一种自虐般的快意从心底里升起。能够由着性子撒一回野是多么快意啊。

我怀念这些已经在这个世界消失的文字,它们都是我散失的孩子。在前些日子的一个梦里,我来到一座深山,山里有一个古穴,洞里飞翔着无数漂亮羽毛的鸟儿。我在洞里见到有数百卷书籍,打开来却一个字也没有。我正奇怪为什么会这样,来了一个人,告诉我说:"这都是你写的书呀,这些书已经被焚毁,当然不会有字了,洞穴里那些飞鸟,就是这些书的魂魄,你试着哭出声来,书魂就可招来。"我当下就大声恸哭起来,那些鸟遂在洞中惊惊乍乍地乱飞起来。我丢下这些无字书,飞一般地逃出了这个洞。

12

天已入暮,行者见师父果然做了将军,取经一事置之高阁,心中大乱,无可奈何,只得变作军士模样,混入队中,乱滚滚过了一夜。

一场战役过后,一个坐在莲花台上的尊者前来唤醒行者。

"尊者,你是何人?"

"我是虚空主人,见你住在假天地久了,特来唤你,你的真师父如今饿坏哩。"

尊者告知行者,方才是在鲭鱼气里,被他缠住了。"天地初开,清者归于上,浊者归于下,有一种半清半浊归于中,是为人类。有一种大半清小半浊归于花果山,即生悟空。有一种大半浊小半清归于小月洞,即生鲭鱼。鲭鱼与悟空同年同月同日同时出世。只是悟空属正,鲭鱼属邪,神通广大,却胜悟空十倍。他的身子又生得忒大,头枕昆仑山,脚踏幽迷国,造化有三部,无幻部、幻部、实部,如今实部天地狭小,他就住在幻部中,自号青青世界。"

13

我的曾祖为官时收藏有许多镜子,有一间屋子专门用来安放这些镜子。各式各样的镜子,青铜的、水晶的、泰西进贡的玻璃的,形状有圆形的、椭圆形的以及带顶饰的矩形镜框的,饰框的材料一式都是名贵的乌木、雪松木和紫檀,还有镀金的黄铜,上面还雕有微型的动物、人像和枝叶连理错落缠绕的图案。这些镜子挂满四壁,直达屋顶,据说一进入镜房,就像进入一个没有尽头的世界:无数面镜子相互对应,使得门、窗和走廊无尽延伸,生生不尽。

我八岁那年,父亲就是死在这间已经破败的镜房里。家人把他抬出来时,为了避免吓着我们,在他的脸上盖了块白麻布。从此以后,家中长辈再也不允许我们走进这间镜房。它成了我们家族的一个禁忌。但我的记忆中已经永远刻下了向这个神秘的屋子投去的第一眼,那一片炫目的、晃眼的光刺痛了我!我那时深信不疑,父亲就是被镜子里一把把光的剑杀死的。这警示我在成长的日子里一直小心躲避着镜子的诱惑——镜子是危险的!一旦你向镜子看了一眼,就有了幻象、恐惧和欲望。为情所迷,则大千世界不过是镜子生成的幻像。镜子会吸引邪狂的目光,镜子里藏着一个个恶魔。它的表面平滑如缎,它展现的却是谎言和诱惑,让意志脆弱的人陷入疯狂。

我把童年时代的恐惧带进了这部小说,把对女性的憎恶带进了这部小说。行者面对成千上万面镜子的恐惧就是我的恐惧。在我看来,镜子是我们的生活与梦幻之间的无主之地,它乃是进入死亡的通道。我让行者穿过一面面镜子,正寄托着渴望在镜子的另一端得到重生的意愿。

那个曾经显赫一时的大宅已在1644年的兵火中化为一片瓦砾。说来堪奇,我从祖宅唯一带走的一件物事,就是一面镶在乌木框里的镜子。是不是我们越是要逃避的东西,它越要像附骨之疽一样跟定我们?它不再是恶魔隐秘的面孔,它也不再与奢华有关,它只是我们家族的一个纪念,留在我手里的一件信物罢了。这些年,我出行,它就在船上陪着我,我上灵岩受戒,它在禅房里最早照见我头顶的疤。

我时常拿着这面镜子,把它朝向四面八方,这样便能制造出太阳、月亮和星宿,我也可以制造出动物、植物、家具,但那都是徒有表象没有实质的东西。令人目眩的镜子制造出各种幻觉,它像梦一样提示着看不见的事物。但时日一久,我发现我离不开它了,就像我离不开那些梦。我明知它的虚幻和危险,但就是离不开它。

我有时是董说,有时又成了一个连我自己也不认识的人。镜子让我明白了,人永远是他自己又是另一个人。

人应该关照自己的灵魂,而灵魂正是需要映像来认识自身。但同时又会有一个声音在心底里喊:远离颠倒的梦想,离镜子远远的!每当这样的时候,我情愿把镜子看作虚构的分身,维护着我的幻觉和谵妄。我就要这样的半梦半醒。

我是把世界看作镜像,把万物都作为我的镜子了:梦是我的镜子,香料是我的镜子,雨水是我的镜子,钟声是我的镜子,孙行者是我的镜子,小说是我的镜子。

原来这一切只不过是镜像的魔术。不仅虞美人的楼台、唐朝的宫女映照在湖水的反光中,甚至孙行者,甚至这本小说,也可能来自乌有乡,来自秋阳下水藻交横的湖底衍射上来的一束光线。镜子乃是我的欲望、恐惧与内心交战的沉默的见证。

我现在像是明白了,我在镜子里看见的那个人并不是我。我才是影子,镜子里那个人的影子。放下小说,我想进入镜子的背面,换到影子的位置上,逃避沉重而不确定的现实。我轻轻一跃,一头冲入了镜子。额头划开了一道小口子,伤痕难以察觉却足以致命。童仆取下了那面因撞击而碎裂的镜子,进入镜子背面,我看见我被地上镜子的碎片映照了出来,不是一个我,是千千万万个。

那孩子问:"你在这一地碎裂的镜子里寻找什么?"

心会迷失方向,但时间不会,时间有着一个恒定的方向。我张了张嘴,却什么声音也发不出来。

14

却说行者在半空中走来,见师父身边坐着一个小和尚,妖氛万丈,便晓得是鲭鱼精变化,耳中取出棒来,没头没脑打将下去,一个小和尚忽然变作鲭鱼尸首,口中放出红光,行者以目送之。但见红光里面现出一座楼台,楼中立着一个项王,高叫:"虞美人请了。一道红光径奔东南而去。"

唐僧问:"你在青青世界过了几日,我这里如何只有一个时辰?"

行者:"心迷时不迷。"

唐僧:"不知心长,还是时长?"

行者:"心短是佛,时短是魔。"

注:此文本事,见十七世纪南方文人董说和他创作的小说《西游补》。董说(1620—1686),字若雨,号月函,浙江乌程(今吴兴)人,明亡后为僧。著有《董若雨诗文集》二十五卷。其事迹散见清光绪九年同治本《湖州府志》、民国十一年本《南浔志》。

秘密处决

雨水在褪色的院落里拧干自己的舌头

告诉我,她们仍然会有漫长的欲望……

——狄兰·托马斯

处决将在半夜时分执行,为了防止泄密,区队长把地点选在了山腰的一个砖窑里。秋冬多雨水,砖窑早熄了火,离镇上又远,在这里杀个把人,就算闹出多大响动也没人听见。人犯就像一个布包一样被扔在角落的断砖堆里,区队长把处决的任务交给了米行老板马愚,他说,马愚,你的婆娘还是你来打发她上路吧,这是组织上对你的信任。区队长给了马愚一把刀。刀子在幽暗中闪着瓦蓝的光,米行老板马愚还没触着刀柄,就像烫手一般摔开了。他开始转过身去解裤带,区队长定定地看了他一会儿,就带人出去了。这是一次特殊的处决,所以区队长决定破例回避。出去之前他吩咐马愚,下手狠一点,别让人等烦了。

窑里不知哪个角落蟋蟀在叫,声音一会儿响,一会儿歇。没有月光,也没有星星,马愚还是看见了挂在女人腮边的两行液体,亮闪闪的。马愚想,女人这样子真惹人疼。他心里这么想嘴里却说:这事怪不得我,我现在是代表人民处决你,你变成了鬼可别来缠我啊。

女人没有说话,有话也说不出,为了防止她叫喊,路上就把她的嘴用一根布条勒住了。女人看着面前这个曾经十分熟悉的男人,看着他在黑暗中笨拙地解裤带。这条棕丝编的裤带打的是死结,男人解了好大一会儿才解开。然后他一步步地向她走来。她猜想他要干什么,恐惧一下子占住了整个的心。这情形就像很多年前的一个春夜,她躺在铺着大红锦被的床上,这个男人吹熄了灯,二话没说就把身子从衣服中剥了出来,又把手伸向她的腰胯。她不由得夹紧了大腿,又是紧张又是恶心。

这样的情形不知什么时候开始的,她一觉醒来,一伸手,该丈夫躺着的地方没有人。马愚出去了,在她睡着的时候悄没声息地出去了。

女人28岁了,马愚不知怎么搞的还没有弄出一个孩子。28岁的少妇比18岁的姑娘更有水色,也更需要自家男人的呵护,但就在她最需要男人的时候,男人却像梦游一样经常在夜里出去。她怀疑马愚在外面有别的女人,但没有亲眼看见,只是心里想想不好说的。像别的女人一样,她知道男人的身上哪些部位最禁不得碰,一碰就要酥了骨,化了泥。可是马愚就像成心不想碰她的了,在她羞答答的撩拨面前也像一个木头人,拉着长脸说烦不烦,人家在想事。想事?想哪个野女人吧!她背过身去不理他,等着他来哄。但末了总是她把自己的身体贴过去,她想,我真犯贱哪,倒贴他也不要。但身体好像不是自己的了,成心要为难她。里面像是有一条河,一浪一浪地推她,裹着她,撕裂她,又像有一股让人情迷意乱的热风卷着她要往哪里去。好多次睡梦中,都是马愚和一个面目不清的女人搂抱在一起,这些梦,和马愚对她的冷落,都指向一个让她不敢相信的事实,这就是马愚在外面养女人了。这真让她发疯。

那一夜醒来,马愚又不在了。南窗进来的月光像水一样。来到院里,院门是虚掩上去的,她去插门杠的时候,远远地听到外面咚咚跑动的脚步声。脚步声近了,她大着胆把头探出院门张望,穿过黑暗来到面前的是自家男人马愚。一身雾水的马愚看了她一眼,没有说话,他好像知道她会起来找他。等她关好门走入房间,马愚已在床上打起呼噜,衣服也没有脱,就像一匹跑累了的马一样。她看到,马愚的鞋帮上还沾着新鲜的黄泥。她感到了来自那个看不见的女人的威胁,她决定跟踪马愚,看看那到底是一个什么样的女人。

　　她开始在夜里跟踪马愚。她装作睡得很沉的样子,待马愚起身,就悄悄地跟在他的后面。她很轻松地骗过了马愚,马愚什么也没有发现。他们一前一后,脚步沙沙地掠过草尖,把夜气凝成的露水都踏碎了。在黑夜里奔跑给了她一种新奇的感受,黑暗中的景物像是在梦里,树桩像人影,河塘发着瘆人的光。有月亮的夜里,她看着自己淡淡的影子,一头飘动的长发,就像一个女鬼。马愚就像一只警觉的兔子,每次到了镇西的一堵断墙后就消失不见了。一个白天,她去了那地方,穿过一大块萝卜地,她看到是一个粉墙黑灰的小学校。十几个孩子追赶着、奔跑着,后来出来了一个白白的瓜子脸的女老师。女老师把铜铃摇出叮叮当当的声音,把孩子们都赶到屋子里。她呆呆地看了好一会儿,女老师穿的是旗袍,底下是掩不住的诱人的起伏。她想,这就是了,男人的魂十有八九是让这个瓜子脸的狐狸精给勾去了。

马愚的嘴上不知什么时候多了一个新词,革命。他动不动就说这个,就像过去说日他姥姥一样。他说,看我不革你他妈的命,不准我革命我偏革命,等等。说得最多的,是一脸不屑地骂女人:革命的事,女人懂个鸟。革命的事女人当然不懂,但男女的事女人懂。女人就很痛心,在心里骂男人,你现在神气了,你革命了,你攀上凤凰高枝了,你可以不要我了,兴你找乐子,就不能让我解解闷吗。女人就从那时起迷上了打麻将。搭子是雷打不动的几个:南货店的张美凤、绸缎庄的李太太,唯一的男人是县政府里干事的林先生。女人的麻将打得一塌糊涂,老输,别的女人要这样的话老早噘嘴巴了,但她一点也不流露出不高兴的样子。相反,她的心里还有一种报复了男人的稀里糊涂的快乐,好像多输点男人的钱就多了一点快乐。一起玩的人哪知道她肚里想的,张美凤、李太太她们拿她当冤大头,坐在她下手的林先生眼里就多了一层怜惜的意思来。这层意思她领会不来,张、李两个都是在风月场上经了许多事的人,哪会看不出来。林先生虽然是有妻室的人,但看他那双在洗牌的白生生的手,就知道是个勾引女人的老手。这层纸她们成心不去捅破,她们要看看林先生怎样施展手段,就像看一只狼怎样捕住一只小羊。

有钱人的老婆好像都爱骂男人,有一次麻将打到一半,不知怎么的就骂起来了。起因好像是李太太的男人要娶二房了。李太太咬牙切齿骂男人的良心让狗吃了。糟糠之妻不下堂,让老娘服侍那个小妖精,呸!李太太说。张美凤跟着她骂男人没有一个好东西,拈花惹草水性杨花,吃着碗里的看着锅里的。林先生没事人一般,咬着拇指粗的雪茄悠闲地吐着烟圈,就好像他不是男人可以置身事外。女人不敢往林先生那儿望一眼,林先生火辣辣的眼光好几次把她拦住了,她像一个害羞的女孩一样低着头,心口怦怦地跳。响起了林先生的声音,林先生说马太太家那位就不错嘛,生意做得好,也体恤自家女人,马太太你说是吧? 噢,是,不不……女人梦醒一般惊跳起来,她突然委屈得想哭。那次打完麻将,在李太太家吃了宵夜,林先生顺路送她回家,站在昏暗的街头,风吹乱了她的头发,他像有一股魔力,逼着她把心里的不痛快统统倒出来,她断断续续地说起了夜间的田野,那所小学校,那个瓜子脸的小狐狸精。林先生的眼睛十分温和地罩着她,他说,说吧,把什么都说出来就好受了。

几天后,也是打了麻将送她回去的路上,林先生神秘地对她说,现在你不用担心了,那个狐狸精抓起来了。她很吃惊,哪个狐狸精?林先生笑了,哪个?镇西小学校那个啊,妈的她是个革命党。至于跟她接头的,你男人,马愚,你说怎么办? 林先生嘿嘿笑着,远处射来的灯光使他的脸显得暧昧不清。女人感到有两只湿湿的苍蝇在脸上爬,在胸脯上爬。

红脸膛的区队长又进来了一次,他的口气显得有点焦躁:"怎么还不动手?"

马愚像木偶一样又抬起了脚。因为裤带没有了,裤管掉下去缠住了他的脚。他骂了一句什么,把掉了的裤管拾了起来。他举着那条棕丝编的裤带向女人躺着的地方走去,像一个牵线木偶。

女人绝望地闭起了眼,她感到凉丝丝的棕丝绳贴上了她的颈脖,带着一股男人的汗腥气。这气味她太熟悉了。她感到男人硬邦邦的身体挤压上来,让她透不过气来。突然,绷紧的手一松,接着,脚上的绳子也松开了。她的血液又在身体里畅快流动了。黑暗中看不到男人,但可以听到他粗粗的鼻息,闻到他的汗腥味。她一下子还不明白发生了什么,向黑暗中捞了一把,什么也没有。她连滚带爬,到了倒掉的砖窑的另一侧,一下子,她呼吸到了田野上湿润的空气。

没有星星,也没有月光,但还是可以看到不远处闪着幽光的河。风把河水的清凉气息吹过来,把水草的腐烂芳香的气息吹过来,好像在催促她:快跑,快跑!

砖窑洞口起了一阵子小小的骚动,伏在草丛中,她看到红脸膛的区队长抬起脚,狠狠一下把男人踢翻在地。他拔出那把刀,瓦蓝的刀子在夜色中像一条火炼蛇。蛇头向他伏身的地方一指,几个人迅速包抄上来。

她拔腿奔跑起来。因为嘴上蒙的布条还来不及解下,她无法大口大口地呼吸,她感到快透不过气来了,胸脯快要爆炸了。她的鼻翼张开,迅疾地翕动着,她不知道往哪儿去,只是挺着气喘吁吁的胸膛,向着沉闷的、刺人的黑暗跑去,好像那里才是最安全的。她跑得晕头转向,翻过了好几道小丘,她张皇的脚步把草丛里栖息的虫们都惊飞了出来。红脸膛的声音追上来:妈的,跑得比兔子还快!

这时,她已经跑进了河边的一个水杉林,她摔倒了几次,又接着爬起来跑。她觉得身体里面的血液在响应河水汩汩的流动声。河水的气息,河水的流动声让她那颗狂跳的心稍稍得以平静。

刚开始她并没有觉得河水有多冷,棉袄吃透了水,变得像一坨生铁,要把她的身体往下拉,双手就不知怎的划动起来。她很吃惊,自己从来没有学过凫水啊。接下来,河水里好像伸出了一只只小爪子,抓挠得她五脏六腑都疼,又好像有无数把锋利的刀子,刺进肚子里,刺得全身的骨头都摇晃起来。

她在水里!

岸上的男人喊,但没有一个下水。他们顺着河堤奔跑,看着河里那个忽现忽没的女人。他们要看清,黑色的河水怎样吞没她,吞没这个逃跑的女人。因为她出卖了他们的人。他们的人死了,所以她也必须死。

水流得真快啊,水载着她,她的眼前晃过无数田野上的植物,乌桕树、玉米秆、老柳树、红蓼、羊齿草和狗尾巴草,还有远处的山影和低矮的屋舍。它们都没有颜色,它们的颜色就是夜的颜色。红脸膛他们很快就看不见了。她抱住一块斜出的石头,挣扎着上了岸。她趴在石头上,迎着凉风大口大口地呕吐起来。吐过后,浑身没了一点力气。她辨认了一下四周,很熟悉的样子,看起来好像过去的哪个夜晚到过这里,定定神,她上了一条砂石路,她知道,从这条砂石路到镇上要不了多少时间。她没命地奔跑起来。

她跑过了镇口的那棵古槐树,跑过了戏台、畜栏、小学校的大门,和长长的弄堂。她的影子追赶着她,像某个注定要到来的东西。她现在已经看见了自家店铺里射出的灯光。站在门口,她看见男人马愚躺在床上,他的衣服整齐地叠在床头,她想,发生的一切,可能都是因为自己得了一种叫梦游的病,破砖窑、红脸膛、长满刀子的河流、田野上的夜奔,都是在一场刚刚醒来的梦里。现在梦醒了,她又闻到了平凡生活的气味,混合着泥土、过夜食物的馊味和男人的汗腥的气味。她向那张床、那个叫马愚的男人走去,向她熟悉的生活走去。说时迟那时快,她的眼前亮起一道黑色闪电,那条棕丝编的裤腰带(这注定要到来的凶器),像一条火炼蛇从黑暗中飞了出来,缠住了她的头颈,她来不及呻吟,就软软地倒了下去。

两天后,她的尸体在镇子西北的一个破砖窑里发现,颈上缠着一根棕绳,绳扣系得死死的,嘴里还绑着布条。她的死因众说不一,最确凿的一种据说是土匪撕票。她的男人,米行老板马愚赶来,哭得晕过去好几回。他抱着女人下山,脸上露出真诚的悲伤。

刺客时代

咯嘣一声,屋顶的瓦碎了一片。那个要杀我的人来了。

我连眼睛都懒得睁一下,翻了个身,向里侧睡。

他像只大鸟一样从墙头翻下,衣袂破空,弄出的动静有点大。落地的时候还踩坏了我种的一畦韭菜。

满院的落叶带出了他的脚步声。沙啦,沙啦。他近了,然后,立住。像在察看有无陷阱,犹豫着到底要不要跨进门来。

我闻到了他剑上的寒气。

其实他根本犯不着这样小心。知道他要趁夜前来,临睡前我就吩咐妻子把院门打开,房门也敞开着。

白天我去参加了一场酒宴,我的一个朋友死了,我去送最后一程。在丧席上,我遇见了从齐国来的号称东海第一勇士的椒丘祈。他坐在我对席,眇一目,愈发显得脸相凶狠。我听他吹嘘说,来的路上途经淮津渡口,他的马在河边饮水时被水怪吞噬了,他脱光衣服跳入水中,与水怪大战三天三夜,不分胜负,他的右眼就是与水怪搏斗时受伤的。客人们都一迭声地恭维他。他更加趾高气扬,走路时两个睾丸几乎都要碰在一起叮当作响呢。我实在看不惯他那副不可一世的鸟模样,把酒碗一顿,正色说:

"我听说真正的勇士作战,和太阳战不待日影移动,和鬼神战脚跟动也不动,和人战不出一点声音,活着去,死了回,丝毫不能受对方的侮辱。你跳入河中和水怪搏斗三天,丢了马夫,还被弄瞎一只眼,马也没要回来,都形残名辱了还在这里自吹勇士,可笑啊可笑!贪恋自己性命,不当场死在对方手里,在这里装哪门子勇士呢!"

闹哄哄的酒宴顿时鸦雀无声。椒丘祈气得脸色铁青,厚嘴唇抖动着,却一句话也说不出口。他一步步向我走来,按着剑柄的手神经质地发着抖。但那把剑好像锈住了一般没拔出来。他顿一顿脚,连招呼都不打一声就走了。

现在,他来了。

剑气直逼喉咙。他的呼吸鼓满了整个屋子。我索性不再装睡,翻身坐起。黑暗中,他见披发僵卧着的一个人突然坐起,大大吃了一惊。但他马上就镇定了下来,一步跨前,一手揪着我的头发,手中的剑抵着我的咽喉。

"你犯下了三个当死的过失,你知道吗?"

"不知道哇。"

"你白天在大庭广众之下羞辱我,这是第一该死;你知道我会来,故意大喇喇开着门,轻视我,这是第二该死;你睡觉时竟然一点也不设防,这是第三该死。"

看着他又羞又恼的模样,我决定再烧把火,把他彻底激怒。

"我没有你说的这三条该死的罪状,相反,你倒有三次不够勇士的表现,你难道一点不知道吗?"

他一脸懵懂:"我不知道哇。"

"白天在丧席上,我在众人面前公然侮辱你,你却不敢回击我,这是你第一条不够勇士;我都为你留好门了,你进门不敢咳嗽,进了堂屋不敢出声,有偷袭的嫌疑,这是第二条不够勇士;你的剑都抵住我咽喉了,再揪住我头发,还在这里大言不惭,证明你心虚,这是第三条不够勇士。你有这三条不够勇士的行径,却来威吓我,难道还不够卑鄙吗?"

剑尖垂下。椒丘䜣叹了口气:"唉,你才是真正的勇士,我如果杀了你,岂不遭天下人笑话?可是我如果不死,我自己都要笑话了。"

说罢,他横过剑,在床前化成了一摊水。

王请我去宫里吃饭。王一直想找一个真正的勇士,去帮他办一件事。有人讲了我杀椒丘䜣的故事后,王派人找到了我。

他是下了很大决心,才请我这个职位低贱的人单独吃饭。

王是一个有心病的人。王最大的心病是他的王位。两年前,王派一个刺客在一场酒宴上暗杀了他的堂弟僚,才夺得了王位。僚死了,可是他的儿子庆忌还活着呢。

那是一个真正的武士,长得筋骨刚劲,有万夫不当之勇,传说他经常在旷野上追逐奔跑的野兽,跳起来就能抓住空中的飞鸟。他现在躲到了卫国,正在积聚力量。王做梦都担心他反攻回来报仇,常常觉也睡不好,吃东西也不香。

王请我吃烤鱼,一边嘟囔着一件怪事,早上起来,他那柄湛卢宝剑不见了。他派人找遍了宫中都没发现那把剑,就差把地儿全给翻起来了。我小心地把鱼刺剔出去,却一点也吃不出鱼味,就好像嚼着的是一段木头。

"真是奇怪,难道它长了翅膀飞了不成?"

我漫不经心地说:"也有可能它遁入水下,游到别处去了。"

"只听说金子长着脚跑来跑去,没听说剑也会跑。"

我顾自埋头吃鱼,不搭理他。我想着的是另一把剑,鱼肠剑。听说它们都是同一个冶剑名师造的。王派人刺死僚,用的就是这把剑。我从没见过那个刺客,只听说他长得高额深鼻,一怒就有万人之气。他死的时候前胸都被卫士用戟整个豁拉开了,可是那把剑还是没有停下,刺穿了僚的三重盔甲。

"我听说,这把剑还没到您手上的时候,越国有一个巨商出价一千匹骏马、三十个有集市的乡、两个人口万户的城邑都没有得到它,它吸取了太阳的精气,天地的英华,早就成精了。"

王脸上那种鄙夷的神情收起了,他瞪着我:"你是干什么的?"

"我是国都以东千里地方的人,别看我长得细小无力,迎风就僵卧,背风就趴倒,但如果您有什么事要我去办,也不是办不到。"

"你知道我要你来干什么?"

"您要我去杀一个人。"

王一声叹息:"唉,你杀不了他的。你长得那么瘦小,他那么勇武有力,你凭什么去杀他?他拍拍屁股就能跑几百里地,我曾经追他到江边,四匹马驾的车都赶不上他,用弓箭射他,他伸手一捞就把箭接住了,你连他一半的气力都没有。"

"杀人靠的不只是气力。您想要他死,我就能杀了他。"

说实话,我也不知道怎么去杀死传说中的那个勇士。我长得这么瘦小,力搏肯定不能得手。但我知道,要猎杀一个目标,首先得去接近他。

我请求王砍断我的右手,杀掉我的妻子和儿子。王大惊,以为我后悔了,说你就是想打退堂鼓了我也不会怪罪于你,我不会杀害你的家人的。

我说必须要杀,不杀我就拒绝执行这项任务。

于是王派人杀了我的女人和儿子,杀死还不够,还把他们的尸体放到烈火中焚烧,丢弃到街市上。

按照设定的计划,我越狱后抱着砍断的右手,开始游说各国。他们同情我的遭遇,一致谴责王的暴虐,但没有一家愿意发兵助我去讨伐。本来我就对他们不抱希望,我只是个渺小的人,没有谁值得为我出手。等到那截断手风干成了鸡爪的模样,我就去了卫国。

于是我见到了那个让王胆战心惊的男人,公子庆忌。他果然长得英武,双眼炯炯,身子壮得如同一头牛。他冷冷地打量了一眼我的断臂,我就觉得心里的秘密全给他看去了。

但他还是收留了我。

后来我听说,我一投奔公子庆忌,就有人向他建议杀了我。庆忌哈哈大笑:"你们是怕他像专诸杀我父王一样来刺杀我吧?第一,自从先父遭遇不幸,我已不再吃鱼;第二,这个人的右手已经废了,再也不能使剑,况且天下也没有第二把鱼肠剑了!"

这话传到我耳朵里,我不由得对他暗暗钦佩。我甚至暗生懊恼,为什么他不是王,而王不是那个逃亡的公子?

但我还是要把这种莫名其妙的念头压下去。我担心真到了有机会动手的时候,这种念头会妨碍我出手。这期间我只梦见过一次我死去的女人和儿子,他们在火光中,丝毫没有痛苦的模样。他们当然不会感到痛苦,放到柴堆上焚烧的时候,他们的血早就流干了。

公子庆忌走到哪都带着我。也不能说他对我全无防备,但他相信,只要我时刻都在他眼皮子底下,就不怕我做出什么对他不利的事来。看得出他在慢慢喜欢我,他把我的沉默看作是对王的仇恨。他甚至愿意跟我谈起这些年他东奔西逃的生活。他认为我们两个都是身负血海深仇的人,共同的仇恨应该让我们惺惺相惜。

他开始把我视作心腹。

备战一直都在进行。卫国虽然答应帮忙,但他们看中的是战后割得几个城邑的好处费,真正的死士还得靠自己训练出来。整整一年,公子庆忌都在训练士卒,修治战船,准备时机成熟就大举进兵。

如是又过了三个月,机会来了,公子庆忌准备向暗杀他父亲的主谋、他的伯父动手了。进攻发动前,他问我,愿意留下还是随他一起行动?

我的眼泪一下迸出来。那是喜悦的泪水呵。我说,王的无道,公子应该比我还清楚,我的妻儿何罪?却被他杀害,我恨不得食他的肉吸他的骨髓才甘心!王城的防御我太熟悉了,公子如果愿意带上我,我一定助你擒获此贼。

我说这番话的时候,江上突然起了一阵大风,差点把我吹落。公子庆忌一把拉住,我才没有掉下去。他看看我,笑了。

出征前,我领取了武器,一柄短矛。

那阵怪风到第二天早上出发的时候还没有歇下去,这意味着,战船在江上的行进速度要大为减慢,而且士兵们都要以楫击水,损耗大量体力。公子庆忌犹豫着要不要等风停了再出发,但他担心这次行动的消息走漏,还是准时发船了。

船队一到江心就被大风吹乱了队形,我们坐的指挥舰本来是在船队的前面三分之一处,前后都有护卫舰。但我们船大,行进缓慢,竟然落到了最后。

为了赶上船队,公子庆忌和我们一起划动巨桨。他脱掉战袍,露出了水牛背一样宽阔的脊梁。他看我气力小,被风刮得东倒西歪的模样,一把推开我:"去,到上风口去!"

上风口的船桨要小得多,划动起来不那么费力。

那支短矛就躺在我的脚边,像一条乌黑的、僵死的蛇,矛尖如同蛇信子,吐着寒冷的光。

它突然动了,那支矛!它好像是反卷上来抓住我的左手,借着风势向坐在下风口的公子庆忌扑去。庆忌没有想到我会发动,只来得及把头一偏,当的一声,矛尖击中的是他的钢盔。我收矛,再刺,电光火石间,我连刺三次,每次都被他躲开。边上的士兵早就惊呆了,他们张大了嘴巴,都木掉了。

我几乎要完全死心了,我怎么会是水牛一般的公子庆忌的对手?一个巨浪拍来,船体如同发着疟疾一般颠簸起来,我一个站立不稳,整个人都失去了重心,向着船后重重摔去。但那把短矛,它好像有着自己独立的生命,依然执拗地卷住我的左手,借着风势,借着我飞起来的惯性,向着公子庆忌撞去。

我听到了铁器撞断骨头的喀喇声。我感到肌肉和纤维裹住矛尖减缓了它的速度。公子庆忌低下头看着胸前长出来的这支短矛,不相信似的,笑了。

我撞在他石墙一般的身体上,却没有撞翻他。他一手揪住我头发,借着船体的侧倾,一把把我按入水中,接连按了三次,好像要报复我三次击打他的头盔一样。我连喝了好几口水,几乎要憋过气去。他又一把抓起我,横放在膝上,让我把肚子里的水都呛出来。

"嘻嘻,没看出来,真他妈是个勇士,竟敢来行刺我!"

随从们这时才反应过来,执着兵刃涌上来,要把我捣为肉酱。公子庆忌大喊一声:"且慢!这个人是天下勇士,怎么可以一日之内连杀两个勇士呢,放他走吧!"

说完,他一头栽倒,死了。

士兵们不再鼓噪前进。他们是公子庆忌豢养的死士,是他准备攻打都城的复仇的火星。庆忌一死,这些火星子也准备随风四散了,做工的做工,种田的种田,游侠的继续游侠。船过一个沙洲,他们把船靠了岸,他们把我扔在岸边,一个脱掉铠甲的士兵还友好地拍拍我的肩膀:"回去吧,公子庆忌死了,你可以去领你的赏去了。"

我说:"我没有脸面活着了。"边说边向河中心走去。

他们把我捞了上来,嘻嘻哈哈地走远了。

我趴在河边的沙地上,像一条濒死的鱼大口大口呼吸着。我突然对自己引以为豪的身份感到了深深的厌倦。是的,我倦了。我杀了自己的女人和儿子,杀了视我为朋友的庆忌,成全了自己的勇,我现在唯一能做的,只有把自己杀了。我作为杀手的一生应该结束了。

我的目光搜寻到了草丛中的一把剑,那是他们丢弃的。我把刃口向上,把柔软的颈脖伏上去。最后进到我眼里的,是哗哗的河水,是倾斜着、广大得有点寂寞的天空。

附录:期刊小说发表要目

短篇小说

《有水果的房间》	《百花园》1995年第1期
《寻找隐地》	《东海》1997年第3期
《站在屋顶上吹风》	《山花》1997年第11期

《中国现代小说季刊》(日文)1998年选载
(第Ⅱ卷第8号,通卷44号)

《地震之年》	《天涯》1998年第1期
《水边的屋子》	《飞天》1998年第5期
《一个雪夜的遭遇》	《江南》1998年第4期
《扫烟囱的男孩》	《收获》1998年第5期
《秘密处决》	《山花》1998年第11期
《小说二题》	《三峡文学》1998年第10期
《一页纸及其他》	《青年文学》1998年第8期
《暗夜行路》	《文学世界》1999年第2期
《明朝故事》	《东海》1999年第6期

《小说选刊》1999年第9期选载

《一桩凶杀案》	《黄河》1999年第3期
《我在天元寺的秘密生活》	《莽原》1999年第6期
《悬浮的时光》	《滇池》2000年第2期
《宝塔糖》	《山花》2000年第3期
《三生花草》	《十月》2000年第4期
《纸镜子》	《岁月》2000年第8期
《夏天的沮丧》	《青年文学》2001年第3期
《大厦的秘密心脏》	《滇池》2002年第5期
《红色少年》	《人民文学》2002年第11期
《迷狂》	《西湖》2003年第4期
《刺客时代》	《长江文艺》2016年第5期

中篇小说

《坐拖拉机去远方》	《青年文学》1999年第12期
《米酒飘香》	《长江文艺》2000年第10期
《一个长跑冠军的一生》	《十月》2001年第3期
《饥饿的饲育》	《山花》2002年第2期
《沙乡笔记》	《滇池》2002年第5期

长篇小说

《饥饿的饲育》　　　　　　　　（2000年,未刊稿）
《岩中花树》(《让良知自由》)　《南方》2006年第2期
　　　　　　　　　　　　　　　中华书局2012年版
《赫德的情人》　　　《十月》长篇小说2009年第4期
　　　　　　　　世纪文景、上海人民出版社2011年版
《买办的女儿》　　　　　上海文艺出版社2015年版

创作谈

《叙事:世界不那么完美的一面镜子》

　　　　　　　　　　　《当代小说》2004年第11期
《诚实,更诚实些》　　　《浙江作家》2006年第1期

跋：短篇小说之光

上世纪九十年代中叶发表第一个小说前，我已经写下了数百首诗歌。这些散乱的诗页，拥挤在我菱池老家的阁楼上，从来没有一家诗歌报刊收容过它们。当我已然认命于失败的诗人这一角色的时候，却从短篇小说里看到了诗歌的光。

长篇小说可以设计人生，推演命运，让故事沿着预先设置好的方向前进，甚至体力的分配、节奏的掌握，都可以提前预计。写作长篇小说是一项体量庞大、旷日持久的工作，同时也是安全的写作，你只需像史前动物一样，拖着慢腾腾的步子坚定地往前走，一般不会出什么岔子。唯有诗和短篇小说不可设计。因为你不知道哪一朵飘过的云会下雨，也不知道那一缕欲启未启的光能否被你抓住，你无法给到处都是砂粒岩的粗鄙生活一个形式、一个容器。

但只要你有足够的耐心，再加上有好运气的光顾，你还是会捕捉到那些神启的时刻。那一刻，你会有被刹那间照亮的幸福感,通体清澈透亮。无意义的生活断片突然放大,被赋予了意义,散乱的文字世界也有了一个秩序,那是短篇小说的降临时刻。你多时的冥思和牵挂,在那一刻功德圆满。就好像诗歌史上华莱士·史蒂文斯找到了那只著名的坛子,田纳西的坛子,荒野向着坛子涌起。也好比你进入一个陌生的房间,一开始莫辨东西,突然一下子你找到了灯绳,当灯光亮起的一瞬,你发现,原来这个世界一直在那里等着你,桌椅板凳各安其位,只等着你入住其间。

为了这个时刻的到来,或许你已煎熬多时,只是一直发现不了那个"坛子",摸不着那根"灯绳"。散乱的素材透露出了一点气息,忽远忽近,虚无飘渺,你就是抓不住它。所以你成了一个有心事的人,你必得在心里"养"着这些素材和故事。你要"养"出那么一点味道来,你要发现或赋予它一个意义,并找到一个好的出口。这味道某一天飘散了出来,丝丝缕缕,渐渐清晰,变得可感可见,如同暗夜里的一点萤火,也如同大雨中亮着的灯盏,你追着它走上前去,终于发现了小说小小的屋宇。

这是短篇小说的生产机制(也是诗的)。这个轻盈之物,它自带灵性,与这个机械复制时代背道而驰,不可再生,事过境迁。就我的经验,最成功的时候,它能一次成型,再不雕琢。因为我希望它气脉贯通,妙手天成。但事实上,每一次的写作都是留有遗憾的。这实在是短篇小说这一文体太追求完美,对完成度的要求太高了,就好比一块纯净的水晶,里面的杂质和瑕疵都会变得触目惊心。有时,一个句子出现了方向性错误,有时是一个词歪倒了,你要是不纠正方向,不把歪了的词扶正,那么对你小说的伤害可能就是致命的。

这是一种多么傲娇的文体啊!如此迷人,要写好它又是如此之难。它有着世俗的烟火气,指向却是纯精神的。它要求你文字准确、迅捷,却更看重"运思"。如果说长篇小说是世俗的,诗歌是神性的,我理想中的短篇小说应该是两者的合体。它的形式也同样魅惑,如同一滴雨,浑圆、紧致,自成一体,被内在的光照亮,晶莹剔透。一个佳构天成的整体,总是要大于局部之和。

短篇小说是最符合我对艺术"无用"的期许的一种文体。在当下,除了一些杂志愿意发表、一些短篇的爱好者在传诵一些名篇,短篇小说几乎是无用的。没有一家出版社愿意出版短篇集子,因为在他们看来不会有好的市场。这种不受待见,反而会让短篇写作者避开喧嚣,静心做着自己的活计。当我彻底放松下来,当我就想做这么一个"无用"的人的时候,我最愿意做的,就是读读诗歌和短篇小说,并试着写下一些飞奔而来的念头,在以后的日子里,把它们连贯的词句和篇章。

收在这个集子里的十六个故事,将近一半撷取自青春期生活片断,书写性意识的初萌、暴力的闯入、青春的恍惚,呈现南方乡间的生活与世态。那些天真、稚朴,微小的惶恐与悲哀,都是在时代的阴影下。另一部分则把笔触伸向了久远的历史。虚实之间,皆是心灵世界的镜像。

2016年10月22日